AL OTRO LADO

DE LA

REALIDAD

PEDRO ROJAS PEDREGOSA

WANCEULEN
EDITORIAL

Ediciones Moreno Mejías

No dejes escapar tus sueños.
No dejes de escuchar historias.
Búscalas insistentemente.
En ellas encontraras las respuestas
a todo lo que buscas.

-La susurradora de historias-

Capítulo 1

Hubo una vez un país donde algunos salvapatrias se sublevaron ante el poder legítimo de un gobierno que ganó por el mandato supremo de la ciudadanía en las urnas. Dieron un golpe de estado y provocaron una Guerra Civil que incitó al miedo, la destrucción, crímenes contra la humanidad y sobre todo a una época negra llena de miseria e incultura que llegó hasta nuestros días. Tal vez podían compararse con las aberraciones que se cometieron en los siglos XIV y XV, en la que el feudalismo salvaje campaba a sus anchas, ante la mediocridad de esos personajes llamados reyes y nobles que trotaban a modo de Cid Campeadores por las tierras de la península ibérica.

Una piel de toro regada de sangre por multitud de inocentes, después de muchos siglos, abanderando ideas beneficiosas solo para unos pocos. Un país de miserables donde podría haberse colgado el cartel de: *"Sálvese el que pueda"* y *"No hay pan para tanto chorizo"* Se estableció una dictadura, consentida en toda Europa, que duró cuarenta años. Le siguió una magnífica historia llena de buenas intenciones que ocultaba un secreto bien guardado solo para algunos. Un cuento de esos en los que se comía perdices, se tomaban en serio la meritocracia y en la que los valores de justicia y honradez fueron los abanderados de la nueva España. Un lugar donde solo cumpliendo con los cánones señalados y los prejuicios establecidos se podía escalar posiciones hasta llegar a ser un buen funcionario de carrera, que era lo preferido por todo hijo de vecina, o por un trabajador honrado y dispuesto a servirle a Vd., y a Dios. Hoy ya se sabía que todo aquello que nos contaron era... *"salvo alguna cosa"* mentira. Todos sin excepción se embarcaron en el posicionamiento atrincherado de lanzarse obuses los unos contra los otros, mientras la ciudadanía permanecía en medio de la discusión. Ahora, al cabo de los años, siendo jóvenes en democracia descubrían todo el pastel y aparecían todos los casos de corrupción que habían ido realizándose durante estas décadas.

Todo fue una mentira para que continuaran siendo súbditos de los mismos. Esos que no creían lo que decían y que no hacían lo que predicaban. Dicho de otro modo, y sin que nadie pudiera sentirse ofendido, la ciudadanía tenía el sueño de hacer realidad la justicia y la libertad que habían sido arrebatadas ilegalmente en el pasado. Otros, vinieron con la palabrería del puro charlatán y falso predicador. Lo peor de todo no era el engaño al que se había sometido a la población, sistemáticamente, desde que la sociedad se estableció en grandes grupos sociales y se tuvieron que establecer normas de convivencia que hicieran, al grupo, ser rebaño de unos pocos. Lo lamentable de la situación fue que la historia se renovaba de manera cíclica sin que se dieran cuenta de que eran dirigidos como simples títeres en una pésima obra de teatro para niños.

- ¡Despierten y vivan la realidad, pues hasta ahora han vivido en un sueño irreal! –Se podría decir-

Hubo un momento en el que cerraron los ojos, y les cambiaron todas esas cosas en las que creían por una venda en los ojos, de clientelismo y la alineación social, para que algunos se quedaran con la impunidad y el robo de sus ilusiones. Una de esas historias comienza así:

Bajo los sones de un djembé y un kora, en una sala poco abarrotada de gente que se dedica a proyectos de cooperación, Madina, única mujer en Mali que toca este instrumento de cuerda, es una persona distinta a las demás, por no decir increíble. Ciega y con una fuerza interior que la mostraba como alguien diferente. Su canto melodioso, al mismo tiempo que intenso, la hacía superar los otros obstáculos físicos que suponía ser mujer en un país africano dominado por las tradiciones patriarcales y conservaduristas que marcaban un androcentrismo machista brutal, aún hoy, en su vida y en su patria. Esta audacia, valentía y coraje de la artista africana, dibujaban el perfil de Mateu, un periodista que se encontraba cubriendo la noticia. Apasionado de la vida, exigente y generoso con los demás. Vivía en una sociedad muy marcada por patrones arraigados en un pasado un poco casposo en el que los tiempos se tenían que marcar a la perfección y nada quedaba al azar. Una humanidad mediocre en la que se guardaban mucho las apariencias y se vivía de forma virtual. Coexistir de cara a los demás, a lo que podía decir de uno, teniendo cuidado con lo que se expresaba, opinaba, etc. Pues dependiendo de lo que los demás dijeran, así se podría estar en un estamento u otro. La escala social era muy importante pues hacía que llegara a ser alguien o no ser nada. Aunque todo tenía un precio.

- Dime cuanto tienes y te diré quien se arrimará a ti, e incluso a quién podrás hacerlo tú. –Era el slogan diario-

Todo un sistema social y económico se encaminado hacia el ostracismo más absoluto. Para Mateu lo primordial era defender los valores que hacían al ser humano íntegro en la balanza de la vida. Estos principios que él defendía nada tenían que ver con los bastardos y sucios manejos con los que se manejaban muchos ciudadanos en el gran tablero de juego que era la vida. La hipocresía, el individualismo, la falta de empatía y las puñaladas traperas, simbolizaban algunas de esas actuaciones que incluían en sus ideologías de "rebajas", o tal vez, en pasarelas donde eran aplicadas a conveniencia de los usuarios y de las temporadas. Había de todo, arraigados seres de izquierdas que iban a quitar al rico para dar al pobre, como valientes bandoleros, pero obteniendo algún beneficio a cambio. Otros, que ofrecían el más rancio fascismo, con el consiguiente desprecio hacia los que estaban por debajo de ellos. E incluso aquellos que cambiaban sus ideologías como cromos de fútbol para suplir sus más bajos instintos primitivos a costa de los demás. Era un buen resquicio, esto de la política, para que los psicópatas camparan a sus anchas entre las rendijas del nuevo régimen.

El afamado y buen periodista buscaba su camino en medio de un gran galimatías senderístico que no terminaba de llevarle a ningún lado en concreto. Algunos, *"compañeros"* de profesión, le esgrimían, con bastante acidez, comentarios tan hirientes que dejaban entrever la envidia que les provocaba alguien que no se dejaba comprar y que denunciaba con buena retórica todos los casos de corrupción que se iba encontrando por el camino. Sin excepciones, sin diferenciar a los de izquierda o los de derecha.

- Era la obligación de cualquier ciudadano de bien. – Opinaba-

Se identificaba con aquella figura representativa del – estafermo- o muñeco giratorio que colocaban en el medievo para el entreno de los lanceros, que recibía impactos contundentes por todos lados sin que, él, pudiera golpearlos ni derribarlos. Era sencillamente un muñeco de pin, pan, pun.

- ¡El bosque no te deja ver la senda correcta!

- ¡Aclárate!

- ¡Vas por mal camino!

- ¡Te estás equivocando!

- ¡No llegarás a nada! -Eran los comentarios que recibía-

Otros, de forma más diplomática le contestaban en sus artículos de prensa o en las editoriales de los rotativos. Una forma despiadada de combatir al que opina distinto o al que quiere encontrar la verdad. Posiblemente la verdad absoluta no existía y había tantas como flores hay en el campo. Pero a él le gustaba decir que realmente no encontraba ninguna vía atractiva por la que transitar si uno no estaba convencido de que esa era la correcta. En esa senda que él había iniciado se encontraba continuamente esquivando a *"camicaces"* que venían hacia él en sentido contrario y saliendo de improvisto. La situación la veía tal que así:

- ¡Prevenme, Dios mío, de las aguas mansas que de las bravías ya me defiendo yo!

Hasta el momento los había podido sortear sin mayores dificultades, pero llegó un momento en que lo atacaban por todos los frentes e incluso le realizaban *"guerra de guerrillas"* para acabar, con él, lo antes posible. Eso llegaría tarde o temprano, sería carne de cañón de un mundo periodístico en plena descomposición y corrupción. La sociedad estaba llegando a un punto de transición hacia un gran cambio de era. Una ida, posiblemente, sin regreso. La ebullición se encontraba en su punto álgido y el volcán a punto de lanzar sus piroplastos y cenizas sobre las cabezas de toda la humanidad. Sin embargo, pocos eran capaces de vislumbrarlo.

Ya la historia demostró que cuando hubo grandes revueltas, grandes crisis de injusticias, hambres y despotismos se produjeron cambios en el devenir de la humanidad. Alguien le comentó una vez que:

- Todos vamos hacia el mismo punto de destino. Lo único es que cada uno de nosotros lo encara desde un lugar distinto.

- ¿Pero cuál fue mi punto de partida? ¿Por qué salí desde ese lugar?

- ¡Un gran caos es lo que es todo esto! ¡No hay dios que lo arregle! -Se decía en voz alta-

Tal vez tuviera razón. Los acontecimientos no eran muy alentadores, en ese momento, en el país y en el mundo. Una crisis galopante arrastraba a toda Europa, desde hacía siete años, con tasas de paro inimaginables en algunos estados como el español y en la que la pobreza, el hambre y la desesperación estaban apareciendo por doquier. Había habido mucho pobre rico que se engrandeció en los tiempos de bonanza. Aquellos años en los que nuevamente nos pusieron la venda y nos quitaron los sueños. A cambio, nos entregaron otros como la Envidia a desear lo que otros tenían y a poseer cosas materiales e incluso carnales, la Gula con multitud de celebraciones a lo grande donde la comida corría calle abajo como un queso redondo, la Lujuria y el desenfreno que llevaría mucho más adelante a situaciones de rupturas y a un abandono de valores humanos, la Pereza por creernos señores de sueños y reinos en los que las preocupaciones eran retozar y disfrutar mientras otros hacían el trabajo de los nuevos señores, la Avaricia por querer tener más y más sin saciarse y la Soberbia al creerse dioses olvidando su naturaleza animal de gusanos evolucionados y sentirse estar por encima de todo lo terrenal. Muchos creyeron ser Ícaros que podrían volar insistentemente hacia el sol, sin que nada, ni nadie, se interpusiera en su camino. Al final la gran mayoría fueron derretidos por la cruda realidad.

- ¡Qué equivocados estaban todos aquellos ingenuos que miraban por lo alto del hombro al prójimo, mientras volaban con alas de papel! -murmuró mientras esbozaba una sonrisa pícara con la comisura de sus labios-

Ahora, tras el engaño de las preferentes y las inversiones millonarias a las que abocó el capitalismo salvaje que regía el mundo, comenzaba el triste y penoso chirriar de dientes. Pero lo aberrante de todo, era que como decía el poeta:

- ¡Prosiguía el incesante caos que no tiene ningún sentido y en el que todos podían participar con un gesto o una acción por pequeña que esta fuera!

- ¿Cómo puedo participar y cual será mi verso? -Se preguntaba, el periodista, sin dejar de anotar en su libreta el desarrollo de la noticia que estaba cubriendo en ese momento-

Un documental había ilustrado previamente la actuación del grupo africano que actuó en el evento. Trataba de la historia de los fondos Kati. Unos manuscritos de hacía cientos de años que descubrían una parte importante de la historia del antiguo territorio musulmán y que significaban parte de la tierra que lo vio nacer. Narraban los acontecimientos y el encuentro de los descendientes de los Godos antes de la invasión musulmana. Contaba, como una familia y sus descendientes tuvieron que realizar un largo y penoso peregrinar hasta su destierro a Níger y Tombuctú. Un linaje que se engrandeció y que fue recopilando, por los distintos líderes familiares, un legado escrito que se mantuvo oculto hasta nuestros días y que recogía una gran parte de la historia oculta del gran Al-andaluz. Fueron, sin duda, unos grandes y silenciosos guardianes de la historia al conservar y custodiar esos tesoros.

- ¡Interesante! -Se dijo Mateu-

No dejaba de ser la viva historia ancestral, repetida una y otra vez a lo largo de la humanidad hasta la saciedad, de hombres y mujeres que fueron víctimas salvajes de otros de su misma especie. Situaciones en las que se tuvieran que dejar todo para salvarse y optar por la toma de decisiones cruciales para los que luego se convirtieron en contadores de historias. Para aquellos que desempolvaron los misterios del pasado y encontraron enigmas que estuvieron ocultos para los profanos.

En un lugar del norte de África, en el Sáhel concretamente, se conservaron durante miles de años sin que nadie supiera lo más mínimo de ellos. La palabra, Sáhel, era árabe y venía a significar –borde, costa- que era la zona donde estos documentos habían permanecido escondidos. Sus narraciones describían una gran parte de la historia real de lo que llegó a ser el verdel dorado del mundo islámico.

- ¡Puede ser una gran noticia para las páginas interiores de cultura! ¡Un gran artículo, sin duda! -Murmuró-

Hoy volvían a ver la luz los adormecidos relatos que un día escribieron los líderes sociales de una casta. Escritos, que abrían claros sobre muchas de las tormentas y mentiras cernidas sobre lo que nos habían contado hasta ahora.

- ¡Genial! –se dijo- ¡ya tengo artículo sobre lo que escribir! -mientras terminaba de cerrar su bloc de notas-

Concluida la actuación, el revuelo se hizo notar por parte de todos los medios de comunicación que se habían personado a cubrir dicho evento, y por los interesados e investigadores que habían sido invitados. Sus compañeros de profesión, y él mismo, intentaban obtener la opinión de los responsables políticos que se encontraban allí. Las ONGs, músicos invitados, actores principales, eran los que menos interés despertaban a su alrededor. La intención de Mateu consistía en recoger las impresiones de Madina, la persona que había tocado y cantado momentos antes. Quería saber un poco más de su historia. Como una mujer negra había llegado a ser lo que era y tener esas competencias de canto y transmisión oral en medio del machismo dominante en su país.

- ¿Qué verso aportará ella en medio del caos que supone ser mujer en su país? ¿Servirá de ejemplo para futuras generaciones de mujeres? ¿O solo será un espejismo en medio del desierto? -Se preguntó-

Tranquilamente, y alejándose del tumulto de fotógrafos y periodistas que se amontonaban sobre los representantes políticos, se acercó por detrás a ella. Antes de que pudiera preguntarle nada quedó sorprendido al ver cómo ella se había dado la vuelta y lo estaba esperando.

- ¿Intuición o casualidad? –Pensó-

Dicen que los invidentes desarrollan al máximo el resto de los sentidos que aún le quedan y el oído es uno de ellos. Así que daría por explicada la situación anterior al aproximarse. Con ayuda de un traductor, consiguió realizarle la entrevista. Su francés era básico como para plantear cualquier tipo de asunto. Pero las inseguridades hacen que en el último momento perdamos esa autoestima y recurramos a lo fácil. Así que, todo pasaba por un intrincado triangulo de comunicación, con el intérprete que posiblemente lo haría mejor que él a la hora de plantearle el propósito de sus preguntas.

- ¡Bonjour Madina! mi nombre es Mateu y soy periodista del diario la provincia.

- ¡Bonjour! -Dijo Madina con una gran sonrisa y dirigiendo su cara hacia la fuente de sonido, tras escuchar las palabras-

- ¿Podría contarme brevemente su historia? ¿Cómo ha sido su vida?

Madina sonrió y esperó un tiempo para escuchar la traducción y contestar. Seguidamente le murmuró bajito, mirándolo, como si pudiera verlo:

- Mi vida ha sido un reto continuo. Mi condición de mujer me hizo perder siempre en mi país, pero de tanto hacerlo terminé sabiendo ganar. El llanto y la frustración han sido diarias, pero aprendí a saber limpiarme las lágrimas, reponerme mirándome en mi espejo interior y vislumbrando una gran sonrisa en mi rostro.

- ¡Impresionante! -Exclamó él- ¿Quién estuvo a su lado todo este tiempo?

- A mi lado estuvo siempre mi madre. Pero la perdí pronto.

- ¿Entonces? –Interrumpiéndola-

- De no encontrar a nadie a mi lado, aprendí a saber estar conmigo misma y a escucharme. Por ser invidente desarrollé el sentido del oído y supe oír como, una y mil veces, las personas se perdían corriendo de un lugar para otro sin rumbo fijo.

- ¿Y cómo lo hizo?

- Aprendiendo de los animales. –le contestó-

- ¡Curioso!

- Aprendí a ser tortuga para poder disfrutar del camino. Como lo he hecho hoy aquí. He saboreado todo lo que escuchaba, incluso esas cosas que para vosotros los videntes no son importantes. He podido comprobar la respiración de muchas personas impacientes por acercarse a los poderosos. Cómo los comentarios banales se repiten para ocupar los silencios.

Tragando saliva, Mateu, la miró fijamente a los ojos como si pudiera verla y siguió escuchándola.

- ¡Ahh...! Se me olvidaba. –Le comentó Madina- Lo más importante de todo en mi vida –le recalcó- ha sido aprender a ser feliz con lo poco que tenía y con las personas que realmente me hacían sentir bien.

Sorprendentes respuestas las que le dio a Mateu ante cada una de las preguntas que le realizó. No había tiempo para sorprenderse. Había que aprovechar y seguir recabando sabiduría de esta gran mujer. Así que miró su libreta e insistió:

- ¡Una pregunta más, por favor!

- ¿Cómo ha sobrevivido Vd., en una sociedad tan machista como la suya?

La sonrisa volvió a presidir su rostro, tras la traducción del intérprete, para que a continuación creara un vacío de silencio al que Mateu no estaba acostumbrado. Se tomó su tiempo y volvió a asombrar con su respuesta.

- Me ha sorprendido siempre tanto el ser humano, en sus comportamientos, que he aprendido a ser yo misma con mis defectos y virtudes. Fui una defensora de los derechos de la mujer en mi país, e intenté ayudar tantas veces a los demás, que terminé por esperar a que me pidieran esa ayuda. Me convertí en agua de riachuelo que fluye sin perder la perspectiva de la pendiente y de sortear los obstáculos.

- ¿Pero... perdone? ¿Qué es lo que llegó a realizar? -Insistió muy interesado Mateu-

- Sólo lo que tenía que hacer –Sonrió- Lo mejor que supe. Hay que llevar a cabo lo que toca en cada momento y el resto que haga lo que le de la gana. ¡Gracias! -Dijo mientras se la llevaban los del servicio de protocolo y comunicación-

- ¡Mercí! -Dijo un Mateu desconcertado-

Terminó de escribir la última respuesta, en su cuaderno de notas, cuando al levantar la cabeza vio como se alejaba la mujer. Suspiró y quedó pensativo. Al girarse, se topó con el estúpido y engreído –toca gaitas- del periódico de la competencia. Un gilipollas de mucho cuidado. Uno de esos personajes con cara de no haber roto nunca un plato y un ser tan rastrero que un gusano de tierra quedaría en un escalón superior en la escala de la evolución entre ambos. Era un tipo que había llegado a ocupar el puesto que tenía tras realizar acciones que nada tenían que ver con la noble tarea periodística. Para poner un ejemplo podría decirse que se asemejaba a un estudiante de magisterio, que consiguiera plaza de maestro en un centro, tras ayudar a esa facultad a acondicionar unas pistas polideportivas asfaltando todo el recinto polideportivo exterior. Y tras esto ser el pelota mayor del reino girando entorno a los políticos de turno. Del mismo modo era uno de los primeros en lanzarse con su mordaz pluma y escasa retórica, cuando era necesario, para golpearle sutilmente ante la opinión pública y los poderosos. Intentó no prestarle atención y seguir con su trabajo. Pero pronto se hizo notar y acercándose a él le gritó su nombre para tener su atención.

- ¡Mateu, Mateu...! -Decía voz en alto mientras se acercaba a él-

- ¡Hola! -Le contestó levantando su libreta en alto y sin pararse-

Sabía que las hienas olían la carroña desde lejos y este iba en busca de información. Mucho se había rumoreado, desde hacía meses, en toda la capital y en las redacciones de la competencia con la posibilidad de que se llevasen a cabo despidos en el periódico –la provincia-. A algunos sectores del poder no llegaban agradar los incesantes artículos, que aparecían día tras día, cargados de satíricos sarcasmos y realidad sobre la corrupción que imperaba en la política local, provincial y nacional. Los órganos directivos del periódico, donde trabajaba Mateu, recibían presiones desde hacía meses para que fuera destituido de su cargo y dejara de molestar con la cruzada que había ejercido de acoso y derribo de los corruptos. Para el periodista del otro medio, que subtitulaba sus artículos con las iniciales J.A., una noticia así era digna de remover y de disfrutar frente al perjudicado. Este era un asunto en el que, una rata como él, se manejaba muy bien. Las alcantarillas eran los lugares preferidos para este tipo de personajes.

El susodicho J.A. era Juan Arnau, un vil y gris periodista que había hecho carrera arrastrándose por las cloacas de los bajos fondos y malas praxis periodísticas. Hacia cosas que nada tenían que ver con su carrera profesional, pero si de la personal y lucrativa. En la vida hay de todo, gusanos y mariposas. Éste se había quedado en un ser insignificante, mitad gusano, mitad "pupa". No terminó de evolucionar y echar alas para volar libre. Aunque de esos los hay a patadas. Era dado a herir sin provocar alboroto y hacer insidias sutiles que llegaban a destruir a la competencia. Traicionando a escondidas, pero siempre como alguien muy profesional. Aunque en el fondo no era más que un mediocre que tenía suerte, un ser vivo desprovisto de autoestima y autoconcepto, que se protegía con el escudo de la arrogancia para protegerse de sus debilidades. Según los entendidos cumplía el perfil de periodista que quería su editorial. El típico que se prestaba a todo con tal de mantenerse en su puesto.

- ¿Se rumorea que no estáis muy bien en la redacción del periódico? ¡Es verdad! -Le comentó-

- ¿Pues no sé? ¿Dímelo tú, que sabes tanto? -Le replicó-

- ¡Bueno hombre no es para ponerse así! Yo simplemente quería interesarme y saber si es verdad lo que dicen de tu inminente despido.

- ¡Ya entiendo...! ¡Pues muchas gracias por tu interés... compañero! ¡Te enterarás por la prensa! -Contestó irónicamente-

- (Con sonrisa de hiena) ¡Ya nos veremos Mateu!

- ¡Ojalá sea en tu funeral! -Murmuró por lo bajo, enfurecido y con cara de pocos amigos-

Este tipo de situaciones le hacían vomitar. Había llegado a aprender que es mejor tener pocos amigos, pero buenos y no acabar rodeado de viles hipócritas que estaban con uno nada más que cuando puedes aportarles algo. Aunque en su profesión lo normal era tener que estar rodeado de todo tipo de energúmenos, aunque fueran con corbata. No le quedaba más remedio para sobrevivir en medio de la gran selva que se había convertido el vivir de la noticia. Todo estaba comprado y era una realidad adulterada la que se enseñaba sobre el escenario de la vida. Los entresijos de las bambalinas eran conocidos por muy pocos. Se despidió del resto de personalidades sin mostrar su malestar por la situación vivida con Arnau. Se dirigió hacia el aparcamiento, entró en su coche y dejó sus cosas en el asiento de al lado. Sin más miramientos y con las ideas muy claras de lo que tenía que escribir en su artículo se dirigió hacia la redacción del periódico que se encontraba a las afueras de la ciudad, en un polígono industrial.

Hay días en los que el tráfico está insoportable, y hoy era un día de esos. La gente parecía ir disfrutando del entorno, a una velocidad que hasta las tortugas podrían superar. Nada fluía, todo se estancaba y el tiempo apremiaba. Había que llegar a la oficina y maquetar la noticia para que estuviera lista por la noche. Aceleró y en su intento de ir más rápido, por la avenida del Vial, casi impacta con otro coche que venía por el carril de su derecha.

- ¡Imbécil! ¿no ves que estoy indicando el cambio de carril? -Decía en voz alta en el interior de su coche mientras fruncía el ceño y miraba fijamente a la conductora del vehículo-

Un gesto obsceno con el dedo índice de la mano izquierda le recordaba que ella también sabía insultar. O por lo menos responder ante aquella cara encolerizada que no dejaba de abrir y cerrar la boca mirándola fijamente.

- ¡Será bastarda la tía! -soltó por su boca, mientras respiraba e intentaba calmarse.-

La redacción era un continuo bullicio de gente trabajando. Unos llevaban carpetas que colocaban en las mesas de los distintos redactores. El reportero, Mateu, entró en la sala y se dirigió hacia una de las mesas del fondo donde se encontraban los becarios. En concreto saludó a Emma, una chica alemana que estaba terminando su Erasmus y con la que él mantenía una relación muy estrecha desde su llegada a España.

- ¡Hola Emma! ¿Que tal el día?

- ¡Hola Mateu! ¡Buenos días! ¡mucho trabajo!

- ¿Todo bien?

- ¡Sí todo bien!

- ¡Ok! -Terminó diciendo, un tanto nervioso-

Tenía sed y se dirigió hacia el dispensador de agua. Apoyado sobre la pared observaba toda la sala donde se encontraba la plantilla al completo trabajando. Notaba un ambiente tenso, las miradas eran escasas y las que había se hacían con el rabillo del ojo. Nadie dejaba de mirar lo que hacían los unos y los otros. Eran malos tiempos y había que tomar decisiones. A veces las malas noticias debían darse sin más dilaciones. La situación económica del país no era nada alentadora. Los despidos se realizaban sin pudor y en casi todas las empresas. La nueva reforma laboral lo potenciaba. Todas estaban recortando en personal y en sueldos.

- ¡Nosotros podemos ser los siguientes! –Pensaban algunos empleados-

En ese momento se abrió la puerta del despacho del director. Entraba el vicedirector y el presidente con caras de pocos amigos. Ambos cruzaron miradas pero no se dijeron nada. Ahora era Emma la que se dirigía hacia el dispensador de agua. Cogió un vaso, lo llenó y lo bebió mirando por encima de él a la sala.

- ¡Dime Mateu! ¿qué se habla por ahí? -Comentó Emma sin dejar de observar a toda la redacción-

- ¿Qué se habla de qué? -Le respondió mirándolo a la cara-

- ¡Pues hombre... de todo en general! ¿no habías ido a cubrir la noticia, esa, de cultura en la Diputación?

- ¡Si! ¿y...? -Indicó con intriga-

- ¡Pues eso! ¡Estarían allí los politiquillos de turno y los buitres de siempre que lo saben todo! ¿no?

- ¡Sí! de todo un poco había. ¡Hasta el listo de la competencia!

- ¿Y te ha comentado algo?

- ¿Algo como qué...?

- ¡Pues no sé...! ¿Cómo acabará el mundo? ¿Si habrá juicio final? Ese tipo de cosas así. –Le dijo con sarcasmo-

- ¡No! Solo nos saludamos.

- ¡Interesante...! –Comentó Emma-

Por un momento la incertidumbre y el desasosiego se apoderaron de él, que intuía señales no muy buenas en la forma de proceder de sus jefes. Todos los demás compañeros de sala no dejaban de estar atentos a lo que hablaban o hacían juntos. La que más lo sufría era Emma que lo vivía todo en silencio. Todos en la redacción sabían de la relación que mantenían los dos y por este motivo muchas cosas no eran comentadas en presencia de ella. Un ambiente muy enrarecido era el que se respiraba en toda la sala. De pronto, Eric el director, lo invitó a entrar en su despacho.

- ¡Mateu! ¡Sígueme a mi despacho, por favor! -Señaló-

La ansiedad lo recorrió de arriba abajo pero mantuvo el tipo y la sonrisa al pasar al lado de Emma, que lo miraba con cara de preocupación. Sin más dilación terminó la poca agua que le quedaba en su vaso y lo depositó en la papelera.

- ¡Enseguida! –Contestó-

Seguidamente, lo siguió bajo la atenta mirada de todos los redactores que comenzaban a murmurar unos con otros.

- ¡Algo se está cociendo!

- ¡Se rumorea que lo van a despedir!

- ¡Lleva tiempo metiéndose con quien no debe!

- ¡Silencio! –Eran los comentarios que se hacían oír–

Entraron los dos al despacho y el director bajó todas las persianas para que no pudieran ser vistos. Al cabo de una hora terminaba la misteriosa e intrigante reunión. Con la mirada perdida abandonaba el despacho el redactor. Se fue directo a su mesa de trabajo y se sentó. Terminó su artículo y lo pasó a los compañeros de redacción para que lo maquetaran. Tenía que estar listo para la noche. Pasadas unas horas y a poco de terminar la jornada laboral, se fue al archivo cogió una caja vacía y en ella fue depositando todas sus cosas personales. Al momento se acercó Emma y agarrándolo de la mano le preguntó por lo sucedido.

- ¿Qué ha pasado?

- ¡No te preocupes, luego hablamos!

- ¡De acuerdo! -Expresó con cara consternada-

Los compañeros, atónitos, no daban credibilidad a lo que estaban viendo. Los más osados se acercaron a preguntar:

- ¿Qué ha pasado? –Le decían unos–

- ¿Te ha despedido el cabrón ese? -Comentaban otros-

- ¿Sabes algo sobre más despidos, sobre el ERE? - Apuntaba otro-

Él no decía palabra, mientras apilaba sus cosas dentro de la caja y ante la insistencia de toda la redacción, explotó. No podía aguantar más toda aquella presión a la que había y estaba siendo sometido por parte de todos. Al fin y al cabo era un ser humano, no un superhéroe.

- ¿Queréis dejar de agobiarme con tantas preguntas? ¡Ni que fuerais periodistas! -Balbuceó con ironía-

- ¡Sí, me marcho! ¡Me despiden para gozo de muchos!

- ¡Aaaah! –Exclamó- ¡Quedarse tranquilos que no habrá ERE de momento! ¡Estáis a salvo! -Comentó con desprecio-

Las observaciones de satisfacción no se hicieron esperar a su alrededor. Como ratas, se fueron alejando. Aunque, no todos eran así. Parecía un apestado ante el que pocos querían estar. No era ya nadie, solamente un parado más que engrosaría las listas de un país que rondaba el veinticinco por ciento de la tasa de desempleados. Un *"mindundi"*, un desgraciado, que con treinta y largos años había fracasado y sería pasto del más profundo olvido. A su edad sería muy difícil volver a encontrar un trabajo de calidad. Además, ya se encargarían, los poderosos, de hacer que no lo lograra en ninguna entidad de prestigio para que no volviera a molestar con la verdad. Esa verdad molesta, que denunciaba la corrupción. Esa situación quedó grabada en su retina. Tantas y tantas horas de trabajo junto a sus compañeros y resultaba que todo era máscara, apariencia. Circunstancias y momentos en los que realmente se podía distinguir a quien tenías a tu lado. Era el instante más claro en el que se podía ver caer las caretas de la falsedad y apreciar los verdaderos rostros de la miseria humana.

- ¡Vida cruel y mísera esta! -Susurraba-

Estar rodeado de farsantes no gusta a nadie y menos cuando realmente descubres que lo son. El ser humano se había convertido en lo que fue al principio de los tiempos, en una mísera oruga que rastreramente se movía por el suelo sin dignidad alguna.

- ¡Nos convierten en meros instrumentos de usar y tirar para el beneficio de una minoría! ¡Real y cruel al mismo tiempo!

- ¡*"Arrieros somos"!* -Quería pensar- ¡Ya nos encontraremos por el camino!

Con su caja debajo del brazo y su mirada al frente, anduvo el pasillo que separaba su mesa del ascensor. No se despidió de nadie, ni incluso de Emma. A ella ya la vería más tarde. Descendió, no hacia los infiernos, pero si hacia el nuevo reto que estaba por venir. En ese mismo momento le vino a su mente una frase muy oportuna: *"Me enterraron y no sabían que, yo, era semilla".* El resto de trabajadores lo miraban aliviados sin dar importancia a lo que estaba pasando. Tan solo Emma quiso ir tras él pero su intuición femenina le dijo que no era el momento apropiado. Debía dejarlo marchar.

El ser humano es esclavo de si mismo y de los demás. Todos eran esclavizados desde el mismo momento que recibían las enseñanzas de la sociedad en la que vivían. El mundo estaba globalizado y por tanto todos adoctrinados y marcados por los acontecimientos que les iban sucediendo a lo largo de sus vidas. Creían ser libres cuando podían comprar, vivir y hacer lo que les pareciera bien, pero nada más lejos de la realidad. Al final su sumisión era mucho mayor. Desde que tenían capacidad de obrar los sometían con hipotecas y/o con enlaces que los ataran de por vida a algo. Era una buena fórmula para hacernos dóciles y manejables. Vivían una vida miserable en la que lo único que importaba era trabajar y llevar un jornal a la vivienda. Los valores no tenían cabida en un régimen capitalista como el que estaba implantado en la actual sociedad. Un estado en el que incluso trabajando se era pobre y no se llegaba a fin de mes. Aunque, para algunos, cobrar sesenta mil euros al año no suponía ser rico, sino todo lo contrario.

- ¡Debieran valerse con cuatrocientos veintiséis euros para todo un mes! ¡Ya verían lo que vale un peine!

- ¡Hipócritas y fariseos! -Exclama Mateu indignado-

Pero hay algo que no le pueden arrebatar a uno, la dignidad. Algo que a Mateu le sobraba. Por este motivo salió de las instalaciones sin pena ni gloria, echando un suspiro y sin mirar atrás. Se acercó a su vehículo y se introdujo en él, arrancó y se perdió entre la gran masa ingente de automóviles que transitaban por el –carrefour- o cruce de caminos en el que se había convertido la salida del polígono industrial con las nuevas obras que se habían efectuado recientemente y que conectarían Córdoba con Granada por autovía.

Capítulo 2

Horas antes de que Mateu llegase, a la redacción del periódico, el director y el vicepresidente de la entidad se reunían, en el despacho del primero, para hablar de diversos temas relacionados con el futuro inmediato de la empresa y el devenir de los últimos acontecimientos en la capital cordobesa. Igualmente, debían abordar varias cuestiones surgidas como consecuencia de esa nueva realidad que tenían que fraguar directivos, accionistas y patrocinadores para el próximo ejercicio económico del rotativo de la provincia.

Podría parecer que se trataba de la típica y normal reunión que tenían dos directivos de periódico todas las mañanas para considerar y establecer las líneas estratégicas de la maquetación y reparto de artículos. Nada más lejos de la realidad. Los medios de comunicación se nutrían de ingresos como la publicidad y las ventas, así como las que sus inversores aportaban. Estos podían estar molestos, en ocasiones, por las informaciones que vertía el medio que financiaban. Una forma de control de la sociedad era manejar la información y que esta fuera lo menos ofensiva para los poderosos o los estamentos a los que afectaban.

La incertidumbre era máxima entre todos los trabajadores, se rumoreaba que se iba a iniciar un ERE por el que algunos quedarían en la calle. Además la reforma laboral del gobierno facilitaba enormemente esos despidos con indemnizaciones ínfimas con respecto a la que había anteriormente. El comité de empresa había iniciado movilizaciones y colocado pancartas de protesta enfrente de la redacción para que pudiera ser visto por los directivos de la empresa y por la sociedad en general. Ese contexto de despidos daba pánico y más en la situación angustiosa por la que atravesaba el país y que aventuraba un desastre mayor para los próximos años. Esto último nadie lo decía, pero era vox populi.

Los economistas erraban continuamente en sus previsiones, algo a lo que la ciudadanía ya estaba acostumbrada. Era como las predicciones del tiempo que ofrecían por televisión en los años de la dictadura. Todo era relativo y por falta de medios se solía fallar con frecuencia en los pronósticos. El estupor era grande entre lo que se llamó clase media en su momento. Hoy en día casi totalmente extinguida. El gran problema comenzaba a surgir en las clases bajas donde los desahucios hacían mella, la falta de medios para tener luz y pasar el invierno hacía estragos. Y si no fuera por los mayores que daban cobijo y comida a sus hijos, la cosa sería aún peor. Todos los expertos coincidían en una cosa, esto duraría al menos cinco años más. Después se iría remontando poco a poco. Lamentable, pero cierto.

- Las previsiones están para no cumplirse. –se rumoreaba-

Las puertas del ascensor, que daban a la sala donde se cocinaban las noticias, se abrieron. Un sinfín de cabezas levantadas miraban por lo alto de las pantallas de sus ordenadores, mientras que los dos dirigentes máximos del periódico avanzaban, con pasos pausados, pero firmes, hacia el fondo de la habitación intercambiando opiniones. La buena educación y las palabras de cortesía abundaban al paso de la comitiva.

- ¡Buenas tardes! -Se oía insistentemente desde las mesas de los redactores-

- ¡Buenas tardes! -Respondían ellos-

Entraron al despacho, cerraron la puerta y se quedaron charlando durante un rato, de pie, junto a la cristalera que tenía las persianas subidas. Al momento se percataron de que toda la sala estaba pendiente de ellos, así que Eric, el vicedirector, que así se llamaba, las bajó para tener más intimidad con su segundo de abordo y no dar pábulo a que pudieran ser observados. En esos instantes cundió la alarma.

- ¡Reunión de pastores, ovejas muertas! -decían-

- ¡Esto es el fin! ¿y ahora que vamos hacer? ¿A dónde vamos a ir a trabajar?

- ¡Dios mío! ¡Que angustia! –Exclamaban otros-

Las observaciones que hacían los empleados no dejaban de oírse por toda la sala. En ese momento uno de los responsables les animó a que volvieran a sus quehaceres diarios. Dando unas palmadas al aire.

- ¡Venga, vamos! ¡Todos a trabajar! ¡Tenemos mucho que hacer, como para quedarnos charlando!

Al momento, volvieron a sus trabajos sin que la turbia angustia se disipara de sus entrañas. Todo volvió a su sitio, aunque las miradas no dejaban de observar aquel despacho donde, hoy, no saldría nada bueno. Los dos directivos, se sentaron alrededor de una mesa redonda y comenzaron una interesante y acalorada charla para el devenir del periódico. El primero en tomar la palabra fue el director. Era un hombre apunto de jubilarse y con mucha experiencia en la supervivencia en este mundo de la prensa. Se llamaba Manolo, de complexión obesa, pelo canoso y un ligero tic en el cuello que le hacía mostrar la tensión acumulada durante muchos años de trabajo.

- ¡Mira Eric! Los últimos artículos que se vienen publicando desde hace más de un año en nuestro medio sobre los casos de corrupción que afectan al gobierno central y de la ciudad están sentando muy mal entre nuestros grandes consejeros y accionistas.

- ¡Entiendo! -Dijo Eric-

- Somos un periódico conservador y nuestros activos principales vienen de personas afines a la derecha y por ende al gobierno. Por tanto, se tiene que dar un giro radical a los planteamientos de algún redactor.

- ¿Pero... no entiendo? ¡Ve al grano!

- ¡La decisión está tomada! –Comentó Manolo-

- ¿Qué decisión? ¿De qué me estás hablando?

- Considero que en la vida hay medidas duras que tomar, y puede que esta sea una de ellas. Como te he explicado ha habido malestar entre los grandes inversores del periódico por los continuos artículos de opinión e investigación que se han llevado a cabo desde nuestro medio por parte de Mateu.

- ¿Y...?

- ¡Pues que esto no se va a consentir más!

- ¡Ya entiendo!

- ¡Además se ha tomado la medida, aprovechando la nueva reforma laboral, de proceder a su despido! -Eric escuchaba atentamente sin pestañear-

- Como sabes, yo termino en esta mi casa y quisiera hacerlo saliendo por la puerta grande como los toreros. Así que no voy a complicarme la vida antes de jubilarme por defender a un corresponsal. Quiero disfrutar de lo que me quede de vida sin problemas.

- Posiblemente tú ocuparás mi lugar y quiero que continúes con la labor desarrollada hasta ahora. Has mostrado tesón y buen trabajo. Sigue así y llegarás lejos en esto. Tenemos que lidiar con muchas injusticias, pero si quieres mantenerte mira por ti. ¡Nadie más lo hará!

- ¡Te entiendo! ¿Y qué quieres que haga yo Manolo?

- ¡Quiero que le comuniques la decisión a Mateu! ¡Es inminente, desde hoy mismo!

Después de un largo silencio y de mirar atentamente a los ojos del Director, Eric, se levantó apoyándose en la mesa y colocándose bien su corbata le contestó:

- Me he preparado durante bastante tiempo a tu lado Manuel. Quiero luchar por hacer un periodismo nuevo, con una identidad propia para nuestros lectores. Estar al frente de la noticia. Al lado de los problemas cotidianos.

- Promover un cambio, puede ser lo que nos identifique en esta nueva etapa que va a comenzar y que dará mucho de sí. Se avecinan grandes terremotos mediáticos en los próximos meses y nosotros debemos estar ahí, con la noticia. Es nuestra obligación si queremos competir con los demás. –Le argumentó-

- ¡Muy bien Eric, no esperaba otra cosa de ti!

- ¡Acepto la decisión de la junta de administración del rotativo y así lo haré! ¡Hablaré con Mateu y le comunicaré su despido en cuanto llegue!

- ¡Es la mejor decisión que has tomado! –Le dijo Manuel-

- ¡Y en cuanto al ERE que se rumoreaba que se iba a llevar a cabo! ¿se sabe algo? Preguntó Eric

- ¡No habrá ERE, al final solo el despido de Mateu! –aclaró Manuel-

- ¡Bueno, no hay mal que por bien no venga! ¡Así quedará todo más tranquilo! -Le contestó Eric al director-

Toda la redacción estaba pendiente de que se abriera aquella puerta, tras la que se encontraban los dos máximos responsables de la empresa. Al abrirse el nerviosismo cundió y se acrecentó en todos ellos.

- ¡Menos de quince minutos y ya han terminado!

- ¡Las cosas las deben de tener muy claras para concluir tan pronto! -Pensaban la mayoría-

- ¡Acabaremos la mitad en la calle! -Decían otros-

El miedo ha sido siempre un arma muy utilizada, desde tiempos inmemorables, para controlar a las masas. Además, hace acrecentar el desconcierto entre los posibles grupos creados dentro de una organización y sirve para desestabilizarlos. Si lo que estamos es jugando con la supervivencia de unos pocos y sus familias es importante hacerles dudar y hacerles sentir pánico para que se conviertan en dulces corderitos. Manipulables y dóciles. Así el ser humano, cruel en esencia y bondadoso por cultura. Sólo unos pocos son capaces de enfrentarse, cuerpo a cuerpo, a esos miedos. Son hidalgos que van sin escudero por el mundo, transformando situaciones y realidades para que al final sean otros los que se beneficien. Suelen ser Cid Campeadores que tras ser destruidos son utilizados para ganar batallas. Los abanderados de tantos miserables que escondidos tras la ignorancia forzada de su forma de ver la vida, viven plácidamente de manera insulsa. Aunque, esa es otra opción de vida, sin duda alguna.

Los dos directivos abandonaron el despacho saliendo y mirándose a los ojos en el rellano de la puerta. Tomaron dirección al ascensor. Para Manolo la idea estaba clara, quería despedirse sin sobresaltos del puesto que había disfrutado durante muchos años. Por su parte, Eric, lo tenía mucho más claro. Un nuevo giro de imagen y de modernidad era lo que necesitaba el periódico. Se veía ya como el nuevo director y no iba a desaprovechar la oportunidad aunque tuviera que llevar a cabo acciones que no compartía.

Al día siguiente la noticia se encontraba en todos los medios de comunicación escritos. Algunos en sus páginas interiores decían:

- *"Despedido fulminantemente el conocido periodista Mateu del rotativo provincial"* y añadían a continuación: *"Se le prohíbe trabajar en quince meses para la competencia"*

La crónica fue editada en numerosas publicaciones, tanto a nivel digital como en papel. La dirección editorial del citado medio de comunicación evitó y desistió en realizar cualquier declaración institucional sobre el asunto para no salir más perjudicada por todo lo que estaba sucediendo. Lo único que transcendió fue que dicho periodista no podría entrar en competencia con ellos, ya que una clausula de su contrato, así lo reflejaba. Del mismo modo se debía a su secreto profesional el no difundir ninguna información que pudiera perjudicar a la empresa en la que había estado trabajando más de quince años. Las causas de su despido fueron aireadas en todos los medios, tanto escritos como hablados, radio y televisión incluidos. En ellos se indicaban que las razones habían sido atribuidas a presiones políticas ante la avalancha de críticas y hostigamiento que venía realizando sobre la corrupción del gobierno y sus dirigentes tanto a nivel central como provincial. El periodista se defendió ante los medios de forma escueta mostrando su disconformidad con todo lo que estaba sucediendo y cómo se le estaba convirtiendo en un chivo expiatorio de todo lo que estaba ocurriendo en el periódico. La falta de transparencia y de libertad periodística era un fuerte pilar en el que se apoyaba para disparar contra todos los que lo estaban masacrando.

- ¡No estoy de acuerdo con la decisión tomada por la Unidad Editorial del periódico y adelanto que llevaré el caso a los tribunales, donde todo se dirimirá! ¡Aunque la opinión pública también tendrá mucho que decir!

- ¡Pero...! ¡Sr. Mateu una pregunta...! -Era lo que se repetía entre el gran estruendo que producían todos los reporteros que lo abordaban por la calle-

- ¡Gracias! ¡No tengo nada más que añadir! –Repitió-

Ahora más que nunca era cuando necesitaba el apoyo de amigos y conocidos. Nadie se dignó en salir a defenderlo o a apoyarlo. Tan solo a escondidas unos pocos compañeros se manifestaron y le comunicaron su malestar por lo sucedido. Pero el que más se dejó ver fue a Rafael que acercándosele días antes le preguntó si eran ciertos los rumores que se comentaban sobre su destitución.

- ¡Hola Mateu! ¿Es cierto que te van a despedir?

- ¿Quién te ha comentado eso? – Le respondió-

- Las noticias vuelan y más en una redacción como esta. ¿Pero es cierto? De serlo quiero que sepas que tienes mi apoyo y que es una barbaridad lo que van hacer.

- ¡Gracias Rafael! Pero no tengo conocimiento alguno de momento sobre el tema.

Los acontecimientos darían la razón a su compañero días después. Siempre los rumores tienen algo de cierto y en este caso estaban validados al cien por cien. Muchas veces son intencionados y se dejan escapar para ir metiendo presión o soltarla. En otros casos suceden por casualidad.

Capítulo 3

Los momentos posteriores a un despido son de auténtica soledad. Pocos son los que se solidarizan con el afectado y hasta el teléfono deja de sonar de manera inminente. Muchas veces se piensa que se ha estropeado y hasta plantean llevarlo a reparar. Pero nada más lejos de la realidad. Se deja de ser aquel al que todos llamaban y al que todos recurrían. Ahora no es nadie. Los efusivos saludos que le daban a uno, antes, cuando tenía trabajo son suplidos por despistes, en estos momentos, al mirar un escaparate, cambiar de acera o simplemente meterse en una conversación que no da pie a conocer a nadie más. Pero la vida da muchas vueltas y en esos giros es cuando uno descubre realmente lo que es, un luchador o un perdedor.

En resumen, uno se vuelve invisible hacia los ojos de los demás.

-*Tanto tienes..., tanto vales.*

Los refranes antiguos esconden muchas verdades. Aunque la reacción cobarde de los demás es el miedo a refugiarse en el escudo que les proporciona su interior, similar al claustro materno en el que se encuentran protegidos, evadidos del problema e inmunes a las consecuencias. Así, dejan de involucrarse en ese tipo de situaciones en las que el miedo era invocado por, los grafiteros cordobeses, con sus pintadas en las paredes a desafiar e insinuar

- *"y si no tuvieras miedo..."* ¿Qué harías?

La cuestión no era fácil de responder. No los tenían educados, por conveniencia del sistema, a ser libres y felices. Todo se reducía a mirar hacia otra parte, no hablar, no escuchar, o sea... al recelo. Realmente, como dijo Martin Luther King *"nuestras vidas comienzan a terminar en el momento justo en el que guardamos silencio sobre las cosas que importan de verdad"* Para ello, debía existir un argumentario interior fuerte de valores que sostuvieran la base fundamental del ser humano. Un emocionario controlable y equilibrado que nos ayude a entender y sobrellevar los envites de la vida. Aprender a ser libres para todo, incluso para la soledad, única compañera de viaje en momentos de desasosiego como los que se encontraba atravesando Mateu. Para algunos suponía una losa muy pesada de llevar, para otros liviana. Todo dependía de si era aceptada por gusto o por imposición. Saber salir de lo que llamaban zona de confort donde se solían manejar con facilidad y con control lo que harían para no generarse ansiedad e indefensión. Por otro lado, debían salir de ella y permitirse fracasar sin temor alguno, pues de las salidas y entradas dependería que ese círculo se agrandase y fueran más competentes para afrontar nuevos retos.

Algo así le estaba sucediendo a Mateu. Pero resultaba irónico que para conocer las cosas que le hacían falta tenía que haber pasado por sus antagónicas, ya que la tristeza era la que le hacía conocer la felicidad y el estruendo, por su parte, la calma. Solo el ruido del silencio se hacía notar en la casa de Mateu. Sentado en un sillón del salón meditaba sobre sus quince años de trabajo en un medio que había llegado a ser algo propio. Todo bajo la penumbra. Su mirada quedaba perdida y fija sobre las pertenencias que había depositado en una caja que se encontraba sobre la mesa.

- ¡Toda una vida de trabajo reducida a un paquete de cartón lleno de cosas materiales! –Pensaba-

No llegaba a descubrir lo espiritual, lo que se queda dentro de uno después de tantas cosas vividas. Su respiración pausada, lenta y rítmica le hacía tranquilizarse en medio de aquel caos que se cernía sobre él en esos momentos. Los pensamientos fluían uno tras otro dentro de su cabeza como el agua de la cascada que cae pertinazmente sobre el río.

- *"Cuida siempre lo que tienes, porque sin quererlo un día despertarás y no estará, y desgraciadamente te lamentarás"* -recordaba las palabras que su padre le hacía de joven-

Todo parecía un bucle filosófico de Nietzsche sobre su teoría del *"Eterno Retorno"* Todo viene y va, pero al final todo vuelve a su inicio para repetirse insistentemente una y otra vez. A la vida hay que echarle paciencia, le comentó en algún momento su amiga Carmen, y saber cómo esperar los acontecimientos, porque de esa manera:

- *"Cuanto más duros sean los obstáculos a vencer, más grande será tu fuerza de espíritu"*

Para encontrarse, a veces es necesario perderse. Con esta filosofía de vida, Mateu, decidió avanzar hacia adelante. Cogió un camino por el que transitar en su nueva etapa, a pesar de no saber a donde le llevaba esa senda. Sentía miedo a lo nuevo, tal vez a lo desconocido, a los cambios, a esas sombras que nos persiguen, una y otra vez, repitiéndonos lo que no somos capaces de hacer. A cada pensamiento que le surgía en su cabeza se le aparecía un muro contra el que chocaba y rebotaba hacia su interior. Muchos porqués a los que responder. La inseguridad progresaba dentro de su ser con paso firme transformándose en curiosidad con el paso de los minutos. No había nadie más, con él, en ese lugar. Sin embargo, se sentía acompañado, protegido. Notaba que algo en él estaba cambiando, que era capaz de sentir lo invisible, de comunicarse con todo lo que le rodeaba...

- "Con los altos chopos del camino, los hongos que esperaban pacientes el paso de los caminantes, el calor del sol que lo abrazaba..." -Se sentía conectado con la Madre Tierra-

Entonces, en ese momento dio forma, o así lo creyó, a su ideario o propósito en la vida. Cómo larva llevaría el proceso de crecimiento personal hasta convertirse en mariposa y poder volar con más libertad. Partir de la nada, resurgir de las cenizas y encontrarse con la realidad del mundo y de las noticias. Ser la llave del encuentro. Convertirse en oyente de historias.

- ¡Fluir, sentir, correr, soñar, saltar, buscar un momento para dedicarle a las personas!

- ¡Bailar, tomar chocolate caliente, frotar sus manos frente a la chimenea, amar, sonreír...!

- ¡Qué buena manera de vivir la vida! -comentó, poniéndose en pie, mientras abría el balcón y salía fuera a buscar inspiración-

Si nada está rígido en nuestro interior, como decía Lao Tse, tampoco lo estará en la tierra. Todo debería abrirse y moverse para llegar a ser como el agua y encontrar algún resquicio por el que penetrar para escuchar historias que realmente merecieran la pena ser oídas. Tener quietud y mostrar paciencia ante situaciones concretas en las que pudiera ser reflejo ante otros seres que lo necesitaran, respondiéndoles a su incesante eco.

Se sentía, en cierto modo, preso de sus propias decisiones. Atrapado en un galimatías del que no sabía como iba a escapar. Comenzaba un largo camino en el que tenía que llegar lejos, pero no sabía si iría más rápido solo o acompañado. Había llegado a donde estaba por no renunciar nunca a sus sueños, sobre todo a su esencia y dignidad como persona. Cada caída, le había hecho ser más fuerte en sus convicciones y a estas alturas no iba a dejar a nadie que le robase y tirase por los suelos esos valores.

- ¡Esto acabará con un triunfo, sin lugar a dudas! -Pensó, mientras se recogía adentro del salón y cerraba el balcón-

Encendió su ordenador, cargó Word y comenzó a escribir la introducción de su próximo trabajo. Se dedicaría a escuchar historias que merecieran la pena ser contadas. Iba a dedicar un año de su vida a mezclarse con sus semejantes para dar a conocer parte del sin sentido. El caos del que todos manábamos. Sin más miramientos se dejó llevar por la fluidez con la que se movían sus pensamientos y sus dedos delante del teclado. Así que comenzó a escribir historias como oyente que iría encontrando relatos de situaciones reales en un país no imaginario, sino tan real que no daría crédito a lo que los píxeles de la pantalla de su ordenador irían recogiendo a cada golpe de tecla.

- *"¡Gracias por leerme! Querido lector. ¡Sólo así podrás ayudarme a escapar! Me encuentro atrapado entre dos mundos desde hace ya demasiado tiempo. Lo que empezó siendo una situación agradable de trabajo se ha convertido en desasosiego constante"*

- *"Estoy alerta todo el tiempo, escuchando los pasos que se me acercan, las manos que se frotan y me tocan, los ojos que me miran, las voces que me cuentan..., deseando que alguien pare entre estas líneas y tenga tiempo de leer mis historias"*

- *"Todo comenzó una tarde de otoño en la que tenía que verme con mi director. Un tipo con aspecto elegante, bien aseado, camisa blanca, voz grave y olor a tabaco negro. Inquieto, comenzó a relatarme sus problemas y a mostrarme sus cartas"*

Le encantaba escribir, era su pasión. El alcohol, el suicidio, las mujeres, la crisis... eran solo excusas para acercarse a unos relatos y personajes que estaba creando. Para él todo era un juego. Sólo buscaba actores para sus historias.

- ¡Y que mejor cosa que encontrar a alguien que te las cuente! –pensó–

El tiempo es corto y preciso en su dosis. Por ese motivo no quería desperdiciarlo. Aprovechar   los días, horas y minutos sin horarios, sin presiones, solo bajo la oportunidad que la confusa vida le ofrecía en estos momentos.

- ¡Nunca sabes cuando te tocará partir! –Eso lo tenía claro–

- Todos tenemos un billete de no retorno. Sólo de partida, que está disponible en cualquier momento de nuestra existencia.

- Permanecemos siempre, a la espera, en la estación. La muerte juega con nosotros y nos da ventaja a sabiendas que ganará la partida.

- Aun así nos resistimos a creer que podemos tener un golpe de suerte y engañarla. –Seguía con su filosófica retórica–

Disponer de espacio temporal para apreciar el transcurso del desconcierto de la existencia. Pero sabiendo que habría que sumergirse en la locura de las emociones para escribir y llegar mejor al lector. Traspasar el umbral de la sensatez mediocre con la que construimos nuestra realidad, que no era otra que nuestra indiferencia. Salir como Quijote en medio de las locuras propias de cada ser humano que confunde la cordura y la demencia encerrada en las cavernas de los entramados pasadizos del cerebro. Ya que todo conocimiento parte de esas premisas y de la realidad que no es más que muchas y diferentes formas de ver las cosas.

Buscar historias que realmente marquen los acontecimientos de la farsa teatral de la vida y de una sociedad contemporánea en decadencia. Luchar contra la hipocresía. Topar con los intereses de aquellos que dicen defender unos valores religiosos que están más a su servicio y su sostén personal, social y económico. Vencer los miedos... Y todo por cumplir un sueño, escribir.

Y en ese garabateo de notas, comprobar que el desconcierto anárquico sigue fluyendo como el -*eterno retorno*- en el que las masas siguen repitiendo patrones culturales del grupo al que pertenecen. Con sus razones y sin razones. En las que surgen hombres y mujeres que se revelan y que sucumben a la inocencia misma de las cosas, para desde allí tallar la nueva tabla de valores con la que crear otra visión distinta del mundo. Un mundo nuevo que solo los más osados y camicaces intentan hacerlo posible aun a sabiendas que perecerán en su intento.

Cerca de media docena de llamadas perdidas tenía Mateu en su teléfono desde el día de su despido. Se trataba de Emma. No había parado de llamarlo desde el conflicto en la oficina. Todo el ajetreo lo había hecho estar en otro mundo, ensimismado en su locura, sin atención al celular ni a nada. En pocos minutos, reaccionó, volviendo en sí y respondió:

- ¡Hola Emma! ¡Perdona por no contestar pero perdí la noción del tiempo y la del oído! ¡No escuché tu llamada! ¡Perdona!

- ¡Hola Mateu! No te preocupes. Entiendo tu situación. La cosa está muy tensa en la redacción.-Respondió ella-

- ¡Ya! ¡Imagino! ¡Y más después de mi salida!

- ¡Sí! ¿Qué tal estás?

- ¡No sabría decirte! ¡Mal! ¡Bien! ¡No sé!

- ¡Ainsssss! ¡Anímate! No me gusta verte así.

- ¡No te preocupes, se me pasará!

- ¡Si quieres podemos quedar!

- ¡Sí, claro! ¡Se me había olvidado por completo! Además, tenías que comentarme algo sobre un trabajo infantil que me dijiste meses atrás.

- ¡Si lo del cuento que escribí! ¡Pero ahora lo más importante eres tú!

- ¡No te preocupes, pasará como todo en la vida!

- ¡Ok! Pues ya me llamas y me dices. ¡Un beso!

- ¡Otro para ti!

Como aprendiz de periodista, a Emma, le gustaba también escribir como a él. Había comentado su afición con Mateu y le había dicho que tenía un primer borrador de un cuento que tenía como proyecto publicar. Estaba entusiasmada con ello.

- Es un cuento que de pequeña me solía contar mi padre antes de ir a dormir todas las noches.

- ¿Y de que trata?

- Pues de las verdaderas amistades. De esos apegos a quienes realmente siempre están ahí con una.

- ¡De esas personas hay pocas!

- ¡Sí, tienes razón! Tal vez por eso me lo contaba, para que supiera verlas y tenerlas siempre a mi lado.

- ¡Sí...! −respondió con melancolía−

- ¡Ojalá las tuviéramos siempre a nuestro lado!

- ¡Te veo triste! -Dijo Emma-

- ¡No, no te preocupes! ¡Sólo evocaba recuerdos de mi pasado! ¿Y cómo lo vas a titular?

- ¡El amigo invisible!

- ¿Te gusta? −Le preguntó−

- ¡Bonito nombre para un cuento!

- ¡Te dejaré un borrador sobre la mesa para que lo leas y me des tus impresiones! ¡Para mi es muy importante tu opinión!

- ¡No te preocupes lo haré! −Comentó él-

Capítulo 4

Los atardeceres se hacían más cortos a medida que el otoño se instalaba, por toda la península, y pasaban los días.

- *"A pasito de gallina los verás menguar"* -Le repetía de pequeño su abuela-

El crudo invierno hacía posar su manto helado por toda la capital cordobesa. Esa sensación de frío recorriendo todo su cuerpo es la que sintió Mateu al recibir su carta de despido. Sin más cortesías, ni reconocimientos por su labor realizada después de tantos años de trabajo. Por la puerta de atrás. Cómo un vil animal.

El ERE había sido sustituido por un solo relevo. Todos en la redacción suspiraron tranquilos. Aun así, la espada de Damocles seguía estando sobre las cabezas de los empleados. La situación de crisis económica acababa de irrumpir con fuerza, en todo el país, y no tenía atisbo de que fuera efímera y corta. Por tanto, muchos otros podían acabar como él. Tocaba apretar el culo, aguantar y sufrir las nuevas reformas salariales que el ejecutivo del gobierno de la nación había impuesto, entre ellas nuevos recortes salariales. Sin olvidar, el convenio interno al que llegarían con la dirección del periódico que incluiría más sacrificios. Entre ellos la supresión de la comida de navidad de empresa. Esta situación suponía una excusa perfecta para que se fueran perdiendo derechos adquiridos desde hacía años en la compañía. Aunque algún periodista de turno, como J.A., se prestaría a todo con tal de seguir en su puesto y seguir comiendo migajas para no ser despedido por pelotas. Desde la salida de Mateu el periódico había suavizado sus críticas sobre la situación del país y de la provincia. Poco se hablaba de corrupción y si se hacía era para poner el ventilador de los grupos que estaban en la oposición. Pocos eran los que ya hacían artículos de opinión de manera independiente y libre. Ahora todo eran controles y censura a la vieja usanza de la dictadura. Todo fluía como unos pocos querían.

- ¡El orden se había impuesto una vez más! –Se emocionaba al decirlo el Sr. Eric-

El paseo y el caminar era práctica habitual en las nuevas costumbres que había incorporado Mateu a sus hábitos saludables de vida. Era una forma de generar paz en su interior que le ayudaba a organizar nuevas ideas. Incluso comenzaba a practicar alguna técnica de relajación como el Maindfulness. Bien abrigado, caminaba asimilando su nuevo cambio de vida y observando esas historias cotidianas que todos los días pasan junto a uno sin ser vistas.

- ¡Me turba el sufrimiento absurdo de estar vivo y el hecho de tener que sufrir por todo!

- ¿Realmente hay que padecer?

- ¡Me desplazo solo y perdido entre las calles llenas de gente que van y vienen!

- ¡Parecen un fluir de sangre que es impulsada por un gran corazón! ¡Pero esa es la cuestión, descubrir donde está ese motor! -Pensaba-

- ¡Atónito y ensimismado compruebo como el tiempo se escapa entre la mirada de mis ojos!

- ¡Sueño y constato que la vida es líquida como el agua, y que cuando la intento coger se me escurre y desliza entre los huecos que dejan mis dedos envejecidos, ya, por el paso del tiempo!

- ¡Me paro y observo!

- ¡Para mí, el tiempo no cuenta! ¡Ahora, mi preocupación es otra! ¿Escuchar historias? ¡Tal vez sea eso!

- ¿Pero hay algo más?

- ¡Me doy por vencido! ¡Estoy rendido, pero no derrotado! ¡Caigo en el abismo de la depresión y el tiempo se ralentiza!

- ¡Posiblemente es mi realidad la que me hace actuar así!

- ¡Seguramente dicte mucho de lo que se considera normal!

- ¿Pero que es normal? ¿Qué es cordura? ¿Qué es locura? ¡Dos formas de ver el tiempo presente!

- ¡Ese espacio verdadero, único y cierto!

- ¿No sé? ¡la locura es esa forma de no aceptar lo que la mayoría ve, siente y toca! –Seguía insistiendo en sus teorías filosóficas-

Llevaba semanas sintiendo cosas contradictorias en su interior, unas amargas y otras tranquilizadoras. Una tarde, en la que el sol todavía vencía a la oscuridad del invierno, llegó a la plaza de las Tendillas. Una gran fuente recibía a todos los visitantes que accedían a este lugar. En ella, en su reborde, se sentó y puso su espíritu en quietud. La historia contaba que el origen de la ciudad pudo haber estado situado debajo de donde se encontraba él en ese momento. Existía una tesis, al respecto, que sostenía que Córdoba fue fundada a partir o en torno al acuífero libre aluvial que existió debajo de donde estaba.

- ¿Sería el punto de arranque desde donde comenzar su nueva vida? -Se preguntó-

No hay nada mejor que situarse en la salida de las cosas para tomar las riendas de una nueva vida en la que el tiempo pase y los pensamientos fluyan como el agua que emanaban los chorros que emergían del suelo de las fuentes que tenía frente a él.

- ¡Hago lo que nadie hace, mirar a los ojos con sosiego! –Pensaba, mientras hacía lo que siempre le gustó, observar-

Cuando el tiempo no marca nuestra vida somos capaces de ver cosas que ni tan siquiera nos hubiéramos parado a pensar en ellas. Los gestos de la gente, sus preocupaciones, sus emociones y estados de ánimo. Si tienen prisa, o por el contrario, si van tranquilos y si son felices. Todos confluían e iban transmitiendo señales que si son correctamente observadas, cuentan todo lo que necesitamos saber sobre ellos. Las personas relatan historias. Todos llevan las suyas a cuestas. Por este motivo se detuvo en la fuente. Era un lugar privilegiado para verlas reflejadas en los transeúntes que pasaban a su lado. Para Mateu, quedarse inmóvil, quieto, observando, hacía que pudiera ocurrir dos cosas. Una que lo miraran, como diciendo:

- ¡Pobre hombre! ¡Solo y amargado de la vida!

Y la otra, y más placentera que se convirtiera en invisible a ojos de los demás. No todo el mundo sabe llevar a cabo esta técnica. Él la aprendió de pequeño. Cuando era un "enano" casi nadie lo tenía en cuenta. Se apartaba un poco de la multitud y bajaba sus pulsaciones. Retirarse a un lado y abrir bien los ojos con la suficiente nitidez como para comprobar lo que pasaba a su alrededor y ver a los demás como se comportaban.

Es otra verdad, por la que se puede contemplar a los viandantes ensimismados en sus problemas, en ese egocentrismo puro y rancio que no nos deja ver todo lo que ocurre a nuestro alrededor. Pero Matéu comenzaba a divagar como Quijote solitario en ciudad. Reflexionaba, sin más, consigo mismo e intentaba verse desde el otro lado del espejo. Necesitaba y quería tener más puntos de vista. Oír la voz interior que se producía en la metamorfosis a la que se veía sometido en una situación extrema como la suya.

- ¡He comenzado a escuchar con los oídos del oyente, del que está al otro lado!

- ¡Ese lugar donde uno va cuando es libre de verdad!

- ¡Al espacio en el que nada te detiene, ni incluso las preocupaciones, ya que dejas de estar y de ser!

- ¡Pero corro un gran riesgo al traspasar a otra dimensión! ¡La enfermedad mental puede acecharme en cualquier recodo, dispuesta a atracarme y dejarme perdido en este otro mundo! –repetía–

- ¡Compruebo que muchos ya la tienen!

- ¡Son tiempos difíciles, nadie puede dudarlo!

- ¡Nos han hecho creer que solo hay un camino, una única realidad!

- ¡Cuando esta no nos sonríe, todo se desmorona! ¡Aparece la zozobra y el desconsuelo! ¡La ansiedad hace sus pinitos sobre el escenario de nuestras vidas!

- ¡Lo material nos gana la partida y los dedos de esas manos se abren para precipitar la pérdida del tiempo a borbotones!

- ¡La depresión comienza su entrada triunfal hacia el reino del Olimpo! -Suspiraba-

- ¡Mucha gente, demasiada por las calles tiradas en las aceras! ¡Metidas en los soportales!

- ¡Unas son contemplativas, resignadas, libres a su manera!

- ¡Otras, sin embargo hace tiempo que perdieron el rumbo hacia dónde dirigir su nave y quedaron ancladas en los suburbios de la locura!

- ¡Algunos acabaran utilizando el suicidio como vehículo de escape de su maltrecha situación mental, económica o familiar!

- ¡Muchas fueron suicidadas en vida por la sociedad! - seguía dialogando interiormente y anhelando-

- ¡El mayor espectáculo del mundo se puede ver delante de nuestras narices! ¡Solo con abrir los ojos, un poco, descubriremos muchas verdades!

- ¡En momentos difíciles es cuando más primitivos nos volvemos! ¡Recurrimos a lo que haga falta con tal de tranquilizar nuestra alma!

- ¡Ingobernable el miedo, sin duda! ¡Esta es la base sobre la que gira nuestra existencia! ¡Las personas asustadas son las mejores de manejar!

- ¡Cuando aparece el frío seco por la espalda y el sudor en la frente es el mejor momento para recurrir a la religión!

- ¡Aparecen nuestros monstruos, que no son sino emociones negativas! ¡Entonces el fanatismo de algunos, por no decir de la mayoría, hace de las suyas!

- ¡Niños pequeños que son llevados y dejados llevar embolandas entre la multitud para que puedan ser tocados por el manto de no sé qué divinidad que hará que estén protegidos!

- ¡El control de las personas y el de sus mentes es el mejor de los escaparates en estos momentos!

- ¡Miedo y control de la plebe como en la Edad Media!

- ¡Incultura es lo que se permite tener! –Terminó sus reflexiones, levantándose y comenzando a caminar-

Y mientras transitaba, su cabeza no dejaba de seguir produciendo comentarios que le iban bombardeando las encrucijadas de su mente sin cesar.

- ¡Habrá que pagar un alto precio por las consecuencias de esta maldita crisis! ¡Sin duda alguna!

- ¡Me considero un erudito al tener la posibilidad de poder disfrutar en estos momentos de todo el tiempo para mí! –decía mientras caminaba sin dejar de observar lo que le rodeaba-

En un momento dado de su travesía, se dirigió a una persona que se encontraba a la entrada de la iglesia de San Bartolomé, en pleno centro de Córdoba, manteniendo un cubículo a media altura. Solicitaba limosna a todo aquel que entraba en el templo. Lo miró y comprobó que no estaba aquí en espíritu. Tan exhorto y ensimismado se encontraba, alargando su brazo a cada persona que entraba en el templo, que reparaba únicamente en alargar el brazo para recibir alguna moneda de aquellas personas.

- ¡Tenga veinte euros!

- ¡Márchese a casa en paz! –Lo animó Mateu-

- ¡Gracias! –Le respondió, cogiendo el billete asombrado y guardándolo en el bolsillo de su pantalón sin más comentarios-

La persona permaneció en su puesto, le dio las gracias y pensó que sólo fue un golpe de suerte, parecía intuir el vagabundo.

- ¡Muchas gracias señor!

Tras su donativo, se adentró en el interior del centro sagrado y colocándose en los bancos de la zona del final se dedicó a observar mejor todo lo que sucedía allí dentro. Esto era otra de sus distracciones preferidas. Siendo ateo visita mucho este tipo de lugares. Los considera un lugar privilegiado para comprobar como la inmundicia humana y la hipocresía de las almas de muchas personas se intentaba resarcir de sus remordimientos y malas conductas rezando o poniéndose de rodillas ante el Dios omnipotente al que habían rezado toda la vida. Era curioso ver y comprobar el comportamiento humano ante la cuidada escenografía de determinadas personas que golpeaban su pecho en un momento determinado de la ceremonia para demostrar su arrepentimiento pecador y luego comprobar cómo volvían a ser los mismos lobos, con pieles de cordero, en su día a día.

- ¡Hipócritas y fariseos! –repetía en voz baja-

Unos rezaban de rodillas, otros sentados. Al frente un gran retablo donde las alegorías a Dios y a hechos bíblicos eran toda la realidad que uno encontraba. La paz se unía al silencio que se expandía por todo el edificio. Había una mujer que hacía una ofrenda mientras encendía una vela.

- ¡Historias! –Se decía-

- ¡Las personas y sus circunstancias! -Pensó-

Manteniendo esa pose de respeto siguió sentado, tranquilo y sin quitar ojo a todo lo que acontecía allí. La gran mayoría, de los que estaban, eran personas mayores. Esto era un hecho paradójico. Nos solemos aferrar a algo en lo que creer cuanto más cercanos estamos a nuestros últimos años de vida, que cuando somos jóvenes y consideramos que la inmortalidad está en nuestro ADN. La juventud que es inquieta, busca e intenta vivenciar los acontecimientos diarios. La madurez claudica y se somete a la cruda realidad de una muerte anunciada. La vejez se resigna, ya, sin más remedio ante la pérdida de esperanza y el miedo a lo desconocido. Es aquí cuando el desasosiego llena nuestras grandes llanuras mentales y nos hace creer en alguien superior a nosotros como bálsamo a nuestras heridas para paliar nuestra ansiedad.

- ¡Qué gran trabajo hicieron en la antigüedad!

- ¡Cómo han horadado nuestras mentes al hacernos creer en algo divino y al mismo tiempo humano!

- ¡Qué gran negocio!

- ¿Pero en algo hay en lo que creer? –Se preguntó-

- ¡Si fuimos hechos a imagen y semejanza de un Dios creador, según el cristianismo! ¿Somos como él?

- ¡Prepotentes, egocentristas, malvados, bondadosos! – Dijo, mientras se hizo el silencio-

- ¿No sé? ¡Ningún adjetivo me convence para creerme esa patraña!

- ¡Más creo yo que pertenecemos al materialismo cósmico del que vinimos y al que regresaremos algún día! ¡Polvo fuimos y en polvo nos convertiremos!

- ¡Aunque puede que eso corresponda al vehículo en el que voy metido! ¡Mi alma puede estar dentro!

- ¿Pero qué es el alma? sino una invención más.

- ¿Qué representa?

- ¿Cómo se introduce en nuestro ser?

- ¿A donde va y por donde transita una vez despojado del elemento carnal?

- ¡Ufff! –suspiró desolado y acongojado por tanta pregunta y tan pocas respuestas-

- ¡La felicidad, la da la ignorancia!

- ¡Tal vez peco de poca y por esto soy infeliz! –Pensó-

- ¿Dónde encontrar respuestas?

- ¿Por qué tantos interrogantes?

- El borde del abismo se acerca y tengo varias opciones: Quedarme en él a la espera de decisiones, dejarme caer o por el contrario resurgir, cambiar y transformarme.

- Sólo cuando se está en ese filo angustioso es cuando somos capaces de ser otros y llevar a cabo una transmutación.

- ¡Qué lejos quedan esos días de vino y rosas de la infancia en la que todo era maravilloso! ¡Todo tenía sentido, vida, color!

- ¡El cielo era azul y la mirada inocente!

- ¡Uffff! –Suspiró-

- ¡Que desilusión! ¡Mi realidad es mía, así, como la que tiene cada uno! ¡Para algunos todo es fenomenal! ¡Para otros, una puta mierda!

- ¡Tengo que cambiar! -Se repetía-

- ¿Pero cambiar para qué? ¿Por qué? y ¿hacia dónde?

- ¡Pasado el ecuador de la vida! ¿qué me queda?

- ¡Visto lo visto! ¿qué más hay?

- ¡Posiblemente, muchas más cosas que no puedo ver por mi aptitud!

Tal vez se enfrentaba a la eterna lucha del ser humano de encontrar aquello que no existe, como es el tiempo. A rituales para ver el futuro y hacer de la vida un camino dirigido por otros.

- ¡Libertad es lo que necesito para ser dueño de mi existencia y de mi ser!

- ¿Pero realmente soy libre? ¿Sin ataduras a ningún poder divino ni terrenal?

A esa cuestión se agarraba como un clavo ardiendo. Manteniendo filosofías con las que sostenerse, manteniéndose recto y firme sobre valores que le dieran sentido a su existencia. Ideas y visiones quijotescas que lo erigieran en caballero. Posiciones valientes ante lo poco o mucho que podía ganar o perder para conservar la elegancia de un hidalgo caminante y buscador de historias en un mundo de controversias costumbristas.

-   ¡Con esto, y el destierro de las preocupaciones, lo que queda es disfrutar junto a los que te quieren! –Repetía para él mismo-

El tiempo pasaba y un ambiente de paz envolvía a todos aquellos pecadores que meditaban en aquel lugar lleno de historias de vida, mientras Matéu permanecía inmóvil y reflexionando sobre lo que veía.

Capítulo 5

Se acercaba el final de un año y con él todos los ocasos de muchas ilusiones perdidas. No obstante, muchos sueños cumplidos compensaban las amarguras vividas. Era el equilibrio de la vida que siempre va buscando un resarcimiento entre lo que nos sucede y lo que realmente queremos que ocurra.

Surcando las calles de Córdoba, Matéu, podía comprobar desde su coche la cruda realidad que mostraba la radiografía de un país en este momento. Al fondo, después de pasar una rotonda, vislumbró la pintada cicatera y mordaz de un grafitero puesta sobre una pared. La crítica iba dirigida hacia el capitalismo agresivo, de unos pocos, hacia el resto de la humanidad.

Una sociedad que venía aguantando todo tipo de presiones, y que iba camino de repetir los mismos errores que antaño soportaron los ciudadanos de antiguas civilizaciones como la griega y la romana, por citar un ejemplo, cuando sufrían o eran encarcelados por no poder pagar sus deudas a sus acreedores. Eran las situaciones que existían a diario cuando las personas eran desahuciadas de sus casas y aun así, tenían que seguir con la carga de la deuda una vez perdida su vivienda.

- ¡Monstruoso...! -Murmuraba Mateu-

Una mujer ataviada con un vestido largo y un pañuelo en la cabeza empujaba un carrito cargado de cartones y algunos restos de hierro y aluminio rebuscados en los contenedores de basura. Sentado en un banco, un transeúnte, descansaba. Acercándosele, la mujer, le pidió una limosna alargando su mano y cambiando su rostro para dar pena. Un simple movimiento de cabeza, de éste, fue necesario para hacerla desistir de su empeño.

- ¡Una moneda para comer señor!

- ¡No! –Le dijo mientras movía su cabeza en señal de negación.

Nada sucedía por casualidad y en estos momentos lo que acaecía era algo que los grandes capitalistas estaban buscando desde la caída del muro de Berlín. Con el engaño y la estafa se estaba llevando al empobrecimiento más extremo a algunos ciudadanos que quedaban a merced de lo que decidieran los mercados.

- ¡La creación de un estamento social de pobres mucho más grande! –Decían unos-

- ¡Una perdida de libertad en todos los sentidos!

- ¡Volver al miedo para controlar a las masas! – Comentaban otros-

Haced que hubiera hambre y precariedad para aceptar cualquier trabajo. Incluso trabajar por comer y tener un techo. Nada más. Aún así, había casos en los que se trabajaba y no se tenía, ni si quiera, para alimentar a la familia.

- ¡Trabajar sin poder vivir! –Era la constante-

Reproducir un nuevo modelo de esclavitud en el siglo XXI. Reducir en Cultura y Educación para retrotraernos a otras épocas pasadas. Toda una obra muy bien orquestada en la que habíamos sido copartícipes todos, sin darnos cuenta de lo que se avecinaba. Hicieron creer, a la sociedad, que cualquiera podía hacer castillos en el aire y vivir en ellos. Eran tiempos de aparentar, ser la nueva casta de ricos que pronto se olvidó de la cuna de nacimiento.

Esta escena le hacía recordar, a Matéu, la obra de Pinocho cuando los chicos son engañados al hacerles ver que la vida es únicamente diversión y poco esfuerzo. Terminando al final convirtiéndose en asnos para ser explotados. Le vino a la mente el ejemplo de J.A. el periodista que encarnaba toda una forma de lo que había sido un pobre convirtiéndose en el perro faldero de los ricos.

- ¡Patético ejemplo! -Se dijo-

La situación era crítica. Los hechos que se sucedían reflejaban un panorama tétrico y desolador. Nos encontrábamos en la UCI de la economía europea y mundial. La gente, sumisa y confiada, anhelaba una pronta recuperación económica que no terminaba de llegar. Desde los órganos de gobierno y medios de comunicación afines insistían una y otra vez en dos cuestiones: la primera que la culpa era del anterior gobierno y la segunda que ellos estaban sacando de la situación de crisis al país, aunque estuvieran incumpliendo el programa electoral por el que se presentaron y por el que habían sido votados. Por el contrario, el principal partido de la oposición se desangraba en luchas internas por sucesiones y por un liderazgo que no lograba encontrar por ningún lado. La teoría del caos se imponía una vez más. En esa creencia, todo se movía sin sentido en todas direcciones, aunque con un cierto confuso orden.

Los casos de corrupción campaban a sus anchas y como sucedía en la Edad Media las autoridades o los señores feudales eran jueces y parte en los procesos. Por tanto, nada avanzaba y/o nada prosperaba a no ser que la presión de los ciudadanos y grupos mediáticos contrarios al gobierno presionaran ante la opinión pública. Pocos eran los periodistas que denunciaban situaciones de corrupción por miedo al despido como le sucedió a Mateu, y eso marcaba diferencias entre los pocos honestos que quedaban. El miedo, una vez más, les hacía ser esclavos.

- ¡Tengo una familia que mantener! –Decían-

A lo largo de la historia de la humanidad se habían hecho necesarios líderes para que la manada avanzara (Machos Alfa). Pero últimamente, lo que adolecía este país era de ese tipo de actores. Eran las grandes multinacionales, bancos y otro tipo de organizaciones las que imponían a ciertos personajes de paja para que les sirvieran en sus propósitos. Es verdad que habían sido votados por los ciudadanos. Pero la manipulación y el poco abanico electoral donde elegir no daba para más que una alternancia bipartidista rellena de grandes masas de políticos de relleno y que representaban a familias apoderadas o intereses contraídos por los partidos con sus respectivas entidades territoriales. Por otro lado, eran bochornosas las sucesiones de los sillones de poder a segundos o terceros espadas tras la dimisión de los que habían sido elegidos como cabeza de cartel. Se daba paso a la decadencia más mísera y degradante desde el período romano que acabó con ese imperio.

Mientras la gran crisis traía sufrimiento y desesperación para los de siempre. El coste psicológico para los ciudadanos vendría más adelante. Ahora eran vapuleados como simples muñecos de trapo ante los envites y la mofa de los que se habían lucrado a costa de todos ellos. Mucho se insistía en que todo estaba cambiando, pero desde la distancia muchos jóvenes comprobaban que la emigración volvía a ser la alternativa que, en su momento, tuvieron que coger sus antepasados.

A pocas horas para las campanadas de fin de año y la cena familiar, el alcohol y las tertulias se imponían en los grupos de personas que se reunían por distintos establecimientos hosteleros del centro de la capital cordobesa. En uno de ellos, Mateu, había quedado con Emma con la que compartía algo más que una amistad. Los dos se disponían a pasar una noche agradable y festiva. Sobre todo para ella era un día nostálgico al encontrarse fuera de su país y de su familia. Terminaba sus prácticas en el periódico después de un año lleno de emociones. Quería pasarlo con el que había sido un apoyo durante todo este año y del que se enamoró. El encuentro iba a producirse en un lugar que frecuentaba muy a menudo con ella llamado –La Bicicleta- El establecimiento era pequeño pero acogedor. Se congregaba mucha gente tanto fuera como dentro. Su servicio de barra era el que lo hacía diferente a otros lugares y en el que podían saborear una gran carta de sabores en zumos naturales y con alcohol. Una nutrida variedad de comidas frías y rápidas entre las que se encontraban las zapatas de atún y aguacate con una pisca de granos de mostaza, para terminar con un postre de su extensa carta de tartas caseras. Todo ello de manera informal sobre la barra o sobre unas pequeñas mesas y/o taburetes.

A poco de llegar Emma, tras unos minutos de retraso de ésta, Mateu se encontraba disfrutando de una deliciosa bebida compuesta de diversos zumos, ron y caña de azúcar. Se trataba del buque insignia del bar, por la cantidad que dispensaban al día. Pasados diez minutos de las seis de la tarde entraba ella por la puerta con prisas. Mirando a todos lados se introdujo hasta el fondo buscándolo.

- ¡Hola Mateu! ¡Perdona por el retraso!

- ¡No te preocupes! ¡Pero es raro ver a una persona que no sea española llegar tarde a una cita!

- ¡Lo siento! ¿Llevas mucho esperando?

- ¡El suficiente para saber que pronto no te volveré a ver!

- ¡Bueno así es la vida! ¡Yo tenía que marchar algún día!

- ¡Sí, lo sé! ¡Pero se hace tan duro aceptar algunas cosas!

- ¡La vida es así! ¡Por eso no es conveniente aferrarse a ellas!

- ¡Tienes razón en eso Emma! ¡Al final uno se va con lo que vino!

- ¿A qué te refieres con eso? ¿No te entiendo?

- ¡A que cuando morimos, todo lo material se queda aquí! ¡Uno muere solo con lo esculpido en su cuerpo, con las cicatrices y las arrugas de toda una vida!

- ¡Así es! –Le respondió ella-

La tarde transcurría plácidamente y con elevados grados de alcohol en sangre. Era una noche para disfrutar y así lo estaban aprovechando los dos. Tras un largo rato en la cafetería se fueron a pocos metros de allí. El nuevo lugar se llamaba –Sojo- era un disco pub de moda que se situaba en la parte superior de un edificio al que se accedía en ascensor.

El licor azucarado dio paso a los arrumacos y al refugio en uno de los rincones desde los que se podía observar la rivera del gran río de Andalucía y Córdoba, el Guadalquivir. Los dos se conocieron cuando ella llegó al rotativo y desde entonces habían mantenido una estrecha relación amorosa que estaba a punto de terminar con el regreso de ella a Alemania. Era una noche especial para ambos, su despedida.

Hasta las diez estuvieron alternando en este antro. Cuando el hambre entró en escena, decidieron irse al apartamento de él para aplacar esa y otras sensaciones que se desparramarían durante toda la noche. Llegaron a casa de Mateu y se pusieron cómodos. Decidieron picotear para no tener que ponerse a preparar una gran cena. La música comenzó a sonar. Los sones de la canción –viva la vida- se expandían por toda la sala, mientras que los dos se asomaron al balcón con un gin tonic en sus manos. Dejándose llevar por los sones musicales se abrazaron. Por detrás de ella, él, comenzó a besarla reiteradamente por su desnudo y suave cuello. A continuación, descendió al hombro y con su mano izquierda fue acariciando su pecho ante la entrecortada respiración que comenzaba a realizar ella. La cadera de Mateu se agitaba tras los glúteos de Emma y ambos comenzaban a realizar movimientos llenos de sensualidad. El giro de Emma, para ponerse frente a él, los hizo arrojarse al desenfreno hasta que ella paró en seco y le propuso algo.

- ¡Para, para un momento! –Jadeando-

- ¿Qué pasa?

- ¡Nada! ¡Pongámonos más cómodos! -Dijo ella soltándose el pelo y desabrochándose el vestido-

- ¡De acuerdo!

De rodillas y sentada sobre sus talones esperaba Emma sobre la cama a que Mateu terminara de desnudarse y la acompañara. Él se acercó y comenzó a besarla lentamente en la boca, después se acariciaron los dos de manera suave por todo el cuerpo. Llegando otra vez al clímax, Emma, volvió a parar la situación. Era como un juego. Ella hacía que se excitara para hacerlo parar de golpe. Provocaba un efecto rebote o situación del globo inflado. Cada vez se inflaba más y más hasta que explotara. Cuando comprobó que Mateu estaba apunto de no aguantar más le volvió a proponer un trato.

- ¡Te propongo algo nuevo!

- ¡Algo nuevo! ¿Cómo de nuevo? ¿En qué consiste?

- ¡En hacer todas las posturas del Kama Sutra que podamos!

- ¿Y cómo las vamos a hacer? ¿Nos la inventamos?

- ¡No! ¡Tengo un archivo donde vienen todas explicadas!

- ¡Y como tienes eso!

- ¡Tuve que realizar un reportaje para la revista dominical del periódico sobre actividades sexuales en la pareja y encontré esto por casualidad!

- ¡Aaaah! ¡Perfecto! ¿Por cual comenzamos?

- ¡ja,ja,ja,ja,ja,ja! Los dos comenzaron a reírse.

Tras prepararlo todo en el ordenador fueron visionando la gran cantidad de posibles posturas que podían llegar a realizar. Tras acomodarse, Mateu, comprobó que venían en francés. Lo interesante es que venían ilustradas con lo que no había dudas de cómo realizarlas.

- ¡Viene en francés! –Dijo él-

- ¡Ya lo sé! ¡Es el archivo que pude encontrar! Además ¿qué problema es el que hay si las imágenes vienen muy bien ilustradas? -Respondió ella mordiéndole cariñosamente la oreja y acariciándole su glande con la mano-

Se entregaron al placer durante toda la noche haciendo y deshaciendo enredos con tantas posturas. Comenzaron con las básicas y cotidianas, tumbados sobre la cama, como *la position d'andromaque* o la *de l'indra* o *de la grande ouverture*. Luego vinieron las de *L'union du papillon, L'union* de *l'Eléphant* entre otras.

Había una cosa evidente entre los dos, Emma era insaciable y no tenía el problema de Mateu que tras una –explosión viril- debía de esperar a que se produjese otra. Descansaron un poco antes de reanudar las clases de

Kamasutra que le había sugerido ella, y tras ese merecido reposo volvieron a dar rienda suelta a los contenidos de tan magnífico sistema de posturas que ofrecía esa técnica oriental.

La colocación que iniciaron después de volver de los preámbulos de excitación comenzaron de pie con tres fundamentales, y que no dieron para más, *l'union de l'Emen*, *l'union du Loup* y *la posture de la balance* con la que Mateu volvió a culminar una gran noche de placer y sexo. Exhaustos quedaron los dos y se echaron sobre la cama. Ella comenzaba a hacerse preguntas y a realizárselas a Mateu.

- ¿Te ha gustado?

- ¿Mucho? ¡Nunca había tenido una experiencia tan grande como esta!

- ¡Te ha sorprendido!

- ¡Si! ¡bastante!

- ¿Cuál ha sido el mayor descubrimiento que has podido realizar en tu vida? –Preguntó ella-

- ¡Ufff! ¡Que pregunta! –Comentó él tras pensar un rato-

- ¡Pues no sé! ¡Creo que descubrir la satisfacción que provoca hacer algo bueno hacia los demás!

- ¡Buena respuesta! -Dijo ella-

- ¡Y el tuyo! –Respondió, él, expectante-

- ¡El amor!

Y tras un rato de silencio entre ambos, se acurrucaron con sus cuerpos. Arropados y tras el cansancio acumulado después de una noche de alcohol y sexo hizo presente el dios del sueño que los envolvió a los dos hasta el amanecer de un nuevo año.

Capítulo 6

Volver de algún lugar cercano o lejano, tal vez de aquí mismo. Abrir las rendijas por la que la luz asalta y penetra hacia el interior del universo personal. Comenzar a vislumbrar las borrosas siluetas de la cosas. Estar a gusto, equilibrado y en paz con uno mismo y con todo el universo. Respirar de forma pausada para comenzar a mover la maquinaria de un cuerpo pasivo y aletargado que se disponía a estirarse y engrasar los músculos que dieran movimiento al cuerpo. Pasar de la nada al todo. Cambiar el estado del pensamiento. De la realidad de los sueños a la de lo que llamamos rutina. En pocas palabras: DESPERTAR.

La entrada de los rayos del sol por la ventana, hacia el interior de la habitación, daba lugar al comienzo, al momento del bostezo de vida, del volver a nacer de nuevo. De resurgir del nocturno letargo. De sentirse vivo nuevamente.

Era un amanecer lleno de fuerza, luz y sosiego. Un soleado día. Uno de esos que merece la pena ser vivido. Un abrazo de unas extremidades estiradas que acercaban sus manos para acariciarse con dulzura y recordarse que somos enanas partículas en movimiento, conformando un cuerpo que baila al son de los rayos del sol.

Una mañana, cálida y apacible en la que Mateu comenzaba su danza particular al abrir sus ojos, al mover su cuerpo, tras un ligero bostezo, un leve, pero incesante, sobado de glúteos y una mueca de labios con un alcance de sonrisa que hacían serlo todo en un mínimo instante del ahora.

Capítulo 7

En el otro extremo de la península, en el aeropuerto del Prats de Barcelona, salía un vuelo rumbo a Düsseldorf (Alemania) en el que Emma, la joven periodista, volvía a su tierra tras haber realizado las prácticas en España, después de haber pasado un final de año muy agradable, desde hacía años, con una persona maravillosa y especial. Tras su estancia en año nuevo en Córdoba se marchó a la ciudad Condal a pasar unos días en casa de unas amigas alemanas. Desde Barcelona cogería un vuelo hacia su país y así culminaría su estancia de trabajo en España. Su mayor deseo era ser una gran periodista.

La relación de ambos generó una situación de complicidad y cariño difícil de borrar. Tuvieron tiempo de despedirse con una gran noche en la que ambos disfrutaron y quedaron en seguir manteniendo contacto. No obstante, ellos sabían que las relación a distancia terminaría por enfriarse. Además, los dos acabarían conociendo a otras personas. Los contactos vía whatsapp fueron cotidianos desde su partida. Había en Mateu una preocupación por que Emma pudiera superar dicha relación y encontrara pronto otra persona que la pudiera hacer feliz. De este modo se lo hizo saber vía redes sociales.

- ¡Yo sabía que no estabas esperando a que volviéramos, pero me preocupaba que tu corazón no estuviera libre para amar a otra persona que no fuera yo! –Escribió Emma-

- ¡Me alegro de saber que estás bien en este sentido y espero que todo te vaya muy bien! –Le respondió Mateu-

- Yo también tengo suerte de haberme encontrado con personas como tú, que me han recordado que tengo cualidades y que merezco ser amada en un momento de mi vida en que lo necesitaba de verdad. ¡Gracias por lo que me aportaste en su momento, que se quedó conmigo, y lo que me estás aportando ahora! -Contestó Emma-

Pasados unos días, y antes de que emprendiera el vuelo de regreso a su hogar, los mensajes de Mateu continuaron para ser más precisos sobre la relación y los sentimientos encontrados entre ellos dos.

- Te agradezco tus palabras y me quedo mal al no entender y/o comprender bien las tuyas cuando dices que mereces ser amada en un momento de tu vida en que lo necesitabas de verdad.

- Posiblemente, no tenga derecho a meterme en lo tuyo, pero si es vedad que al no saber si te ocurre o te ha sucedido algo que te haya provocado daño, te diría que me tienes siempre a tu disposición para lo que consideres oportuno –Dejó de escribir, Mateu, esperando respuesta-

La contestación no llegó lo rápido que él esperaba, así que volvió a enviar otro mensaje para completar el anterior.

- Por otro lado, no sé cómo explicarlo pero decirte que... te quise, te quiero y te querré toda la vida, aunque el destino no nos vuelva a juntar jamás.

- Desgraciadamente no puedo hacer grandes cosas como volar o cambiar situaciones como lo hacen los superhéroes, pero sí puedo estar junto a ti siempre que tú quieras que lo esté –Dejó de escribir y envió-

Pasado un día recibió contestación de ella.

- ¡Gracias por tu amor y por ofrecerme tu ayuda!

- ¡No te preocupes, estoy bien! ¡Sólo que no me he valorado lo suficiente últimamente!

- ¡Pero ya estoy conectando conmigo misma y tus palabras y cariño también me están ayudando!

El mensaje reconfortaba a Mateu que lo leía tranquilamente mientras, pasados unos segundos, recibía otro.

- ¡Cuando alguien te dice que te quiere, es muy reconfortante!

- ¡Me hace sentir bien que tú digas que me quieres, pero quiero que tú seas feliz!

- ¡Tuvimos un momento y un lugar! ¡Ahora, yo tengo un nuevo proyecto por comenzar!

- ¡Cuando te conocí necesitaba el cariño y experiencias que viví contigo, y todo eso me hizo soñar y desear!

- ¡Pero, sinceramente, creo que no fue amor verdadero por mi parte! ¡Tengo que ser honesta contigo!

- ¡Soy y seré tu amiga siempre! –Terminó de escribir con un emoticono de una cara con un beso-

Emocionalmente las mujeres suelen tener su forma peculiar de expresar y sentir las emociones. Se podría decir que los hombres son más simples para esas cosas y ellas más complejas. Las diferencias de edad y las experiencias vividas son tan bien un añadido para encajar los envites que da la vida. Para Mateu fue satisfactorio ver que Emma no sufriría por la relación mantenida y que estaría plenamente preparada para consolidarla con otra persona de su edad. No contestó al mensaje de ella y lo dejó pasar. Prefirió dejar esa historia de amor ahí, en ese momento. No tocarla más. Conservarla en los instantes más positivos y hermosos que pudiera recordar siempre que se acordara de ella. Y como ella le decía, siempre que hablaban de la despedida, que tarde o temprano se produciría cuando ella regresara a su país.

- ¡No habrá más que decir cuando esto acabe Mateu! Cómo dice el poema de los átomos:

"Todos los átomos en el aire y en el desierto parecen poseídos.

Cada átomo feliz o triste...
Está encantado por el sol.
No hay nada más que decir. Nada más."

Por las calles de Córdoba y en coche circulaba Mateu, tras un agradable despertar, lleno de tristeza por el regreso de Emma a su tierra. Contento por saber que se encontraba bien y que lo habían asumido los dos perfectamente. Llegando cerca de la Torre de la Malmuerta, frenó y paró su vehículo tras ponerse el semáforo en rojo. A su izquierda y por la acera avistó a un fotógrafo que se disponía a inmortalizar, con una instantánea, la pequeña fuente de agua que se encontraba frente a un monumento árabe. En ese momento, y de manera instantánea, un grupo de palomas que levantaban el vuelo, desde otro lugar, eran envestidas por un coche que por el carril contrario transitaba a toda velocidad. El golpe a una de ellas fue seco. La paloma destrozada, inmóvil y sin vida quedó tendida en mitad de la vía. El hombre de la cámara y Mateu, inmediatamente, giraron sus cabezas y contemplaron el macabro horror. Todo cambió en un instante, en un solo segundo. Lo que iba a ser una fotografía realizada con paciencia y buen enfoque, se convirtió en una improvisada instantánea de un animal en mitad del asfalto. Todo sucedió tan rápido que por unos segundos, ambos, no supieron reaccionar. El fotógrafo se giró y enfocó a aquel animal sin vida. Lanzó su –clic- de la cámara sobre algo que yacía en mitad de la carretera salpicado por la roja sangre que manó de su cuerpo y que manchó su blanco plumaje. Tras la instantánea, miró con cautela a ambos lado de la calzada y la recogió para depositarla en una papelera. El cuerpo del animal, aun caliente, realizaba algún espasmo nervioso involuntario. En esos momentos el semáforo se puso en verde y la circulación se reanudó. Fue todo en un instante. Sucedió en un suspiro. Poniendo el pie en el acelerador, Mateu, metió primera y avanzó hacia adelante como ocurre en nuestro vivir. Las cosas acontecen y nadie puede detener el movimiento de la vida. Frente a la parálisis que ocasiona la muerte.

- ¡La vida sigue! ¡El teatro debe continuar! –Pensó-

Mientras las ruedas de su vehículo rodaban por el asfalto de las calles de Córdoba, fue cuando le vino la imagen de Emma. Extrañado y sin saber por qué un escalofrío seco le recorrió todo su cuerpo, como si le hubieran pegado un latigazo, y se asustó. El semáforo seguía en verde y todo el tráfico fluía de manera copiosa y sin cesar. No podía parar en medio de la carretera y más cuando se encontraba en medio de tres carriles. Aparcó su vehículo, un poco más adelante, en el aparcamiento de un importante hotel de la zona e inmediatamente cogió su teléfono móvil para mandarle un whatsapp a la joven que momentos antes había tomado el avión de regreso a su ciudad natal, a su casa, en Alemania.

- ¡Hola Emma! ¿Todo bien?

Tras unos segundos de espera, el sonido de su teléfono delató la contestación a su pregunta:

- ¡Hola cielo! –le escribió ella-

- ¡Si todo bien! ¡Media hora de retraso pero ya en el aire, camino de casa!

- ¡Gracias por todo!

- ¡Has sido un sol conmigo todo este tiempo! ¡Te quiero!

- ¡Y yo a ti preciosa!

- ¡Te llamo a mi llegada a casa, besos!

- ¡Espero tu mensaje! -Escribió Mateu acompañándolo con un emoticono-

Pasada una hora aproximadamente y tras haber realizado algunas compras en el centro, se dispuso a tomarse una cerveza y una tapa en un bar que siempre solía frecuentar por su buen servicio y precio.

- ¡Hola, buenas! ¿Qué va a tomar? -Le dijo el camarero-

- ¡Una cerveza por favor!

Tras ponérsela, junto a un aperitivo de salmorejo, el revuelo de miradas de la gente hacia el televisor fue apabullante. Todo el mundo prestaba atención a las noticias que desde plató estaban ofreciendo los reporteros de un programa de televisión.

- ¡Interrumpimos la emisión para comunicarles una noticia de última hora! -Decían, para a continuación aclarar-

- ¡Se informa que el avión con destino Düsseldorf ha sufrido un accidente en los Alpes franceses!

- ¡Todos sus ocupantes han fallecido! ¡Cincuenta eran españoles! –Seguían informando-

Cuando reaccionó Mateu, ya era demasiado tarde. La escena de la paloma de esta mañana fue el preludio de lo que estaba viendo por sus retinas.

- ¡No puede ser cierto! ¡Si he estado hablando hace un rato con ella! ¡Ese no es su avión! -Se decía-

Automáticamente, su instinto le hizo coger el teléfono móvil y marcar el número de Emma.

- ¡Nada! ¡fuera de cobertura o apagado! –Gritaba–

El nerviosismo lo invadía. El camarero y los clientes se le quedaron mirando dado su estado de ansiedad. Pagó apresuradamente y salió corriendo hacia su coche. No sabía qué hacer, o a quien llamar. Lo que estaba sucediendo no era real.

- ¡Esto no está pasando!

- ¡Es mentira!

- ¡Ella noooo! –Murmuraba mientras comenzó a llorar–

Era una pesadilla de la que de la que quería despertar ya. Metido en su coche el desasosiego lo sobrepasaba, las lágrimas le brotaban y una y otra vez no dejaba de llamarla sin ningún resultado positivo.

- ¡Contesta! ¡Contesta ya! -Repetía insistentemente-

El día se hizo eterno, los mensajes en televisión no desistían de especular motivos por los cuales se había producido el incidente. Sin despegarse del plasma y de escuchar continuamente los informativos, su ansiedad no dejaba de ir en aumento. Llegada la noche tuvo que acudir al centro de salud más cercano a su domicilio para ser atendido. A la entrada se topó con lo absurdo, con lo ridículo. El vigilante de seguridad, un chico joven, se comía a besos con una chica que sentada en un monolito de cuyo parte posterior ascendía un cartel del servicio andaluz de salud (SAS). Sin inmutarse, los dos, pasó al lado de ellos sin que les molestara su presencia. Atónito bajo la rampa que daba acceso al mostrador del celador al que le pidió número para ser atendido.

- ¡Buenas noches! ¡Venía a consulta! –Dijo–

- ¡Buenas noches! ¡Me deja su tarjeta, por favor! -Le contestó el celador-

- ¡Sí ahora mismo!

- ¿Qué le pasa?

- ¡Mire estoy pasando por una crisis nerviosa y necesito tratamiento!

- ¡De acuerdo, tenga el número y pase al fondo del pasillo y espere por favor!

- ¡Gracias!

No tuvo que esperar mucho hasta que fue atendido por una médica que lo atendió con mucho interés, tras conocer los motivos que lo llevaron esa noche allí.

- ¡Cuénteme! ¿Qué le pasa?

- ¡Mire doctora, tengo un cuadro de ansiedad que me devora por dentro! -Le comentó casi sollozando y llevándose las manos a la cara-

- ¡Tranquilo, hombre! ¡Desahóguese y respire profundo! -Levantándose de su asiento se acercó a él y lo consoló-

Tras conocer los motivos por los que se encontraba así y tras canalizar su emoción en un estado un poco más sosegado, le recetó diazepam cada ocho horas y acudir a su médico de cabecera para que recibiera atención psicológica si lo consideraba oportuna. La noche fue fría, áspera y nostálgica. Solo el alcohol y los tranquilizantes ahogaban el sufrimiento y hacía secar la herida abierta por la que se derramaba el agónico recuerdo de Emma. El refugio perfecto para una combinación poco adecuada, para momentos malos como los que estaba surcando. Muy efectiva, aunque muy peligrosa. Toda la casa estaba a oscuras y solo alumbrada por una sencilla luz de vela en el salón de su casa que simbolizaba la llama viva de ella. Solo el silencio postrado y tendido por toda la habitación trazaba el duro sentimentalismo que causaba la perdida de alguien querido. La rabia contenida, la angustia desatada y el reguero de lágrimas que caía por su mejilla era lo único que daba lugar en aquel escenario. Mientras tanto, y acompañando toda aquella escena, un armonioso sonido de piano era lo único que rompía el cruel silencio de una noche oscura y sin fondo. El pertinaz martilleo de la obra de Beethoven –silencio- insistía sin dejar de repetirse.

El efecto de las drogas hacía suyo el nuevo acto del drama que se representaba en aquel momento. Así comenzaba, Mateu, a dar sentido y explicación a su momento.

- ¡Llevo semanas sintiendo cosas raras, amargas, tranquilizadoras!

- ¡No sé ni lo que pienso! -Balbuceaba sin sentido-

- ¡Hablan de que las personas con problemas mentales oyen voces!

- ¡Que les cuentan historias de aquí y de allá!

- ¡Estoy en esa situación!

- ¡Pero podré sobrellevarlo!

- ¡Tal vez es cuestión de respirar profundo como me insistía la doctora! -Se decía hablando solo-

Regresando imaginaba y hablaba con su –yo- interno. Daba forma a un paradigma que le ayudara a entender mejor las cosas que estaban sucediendo a su alrededor. Una catarsis a la que nadie escapa y en la que todos somos partícipes de sus locuras.

Solo los sones, nuevamente, del sonido de la obra de Beethoven –silencio- volvía a invadir toda la habitación. Su mente se llenaba de pensamientos sobre Emma. Todas las ilusiones que quería conseguir y escribir.

- ¡Silencio! -Repetía mientras la música seguía sonando-

- ¡Átomos en el aire, encantados por el sol!

- ¡No hay nada más que decir! -Terminó diciendo-

Con una copa de vino en la mano se despedía del día. Y así, el destino lo volvía a despojar de otro elemento material más en su vida. Fue su trabajo, su estatus y ahora alguien querido. Un duro mazazo que le costó encajar y que le acabó marcando la visión de cuál sería su legado al final de sus días. Su brazo se rindió y se estiró, relajando todas sus fibras musculares, mientras que el cristal que la mano sostenía cayó al suelo. Sin romperse rodó unos centímetros y esparció el líquido aromático del alcohol que contenía en su interior. La vela daba sus últimos aleteos al ritmo de los sones de la melodía, antes de dejar de alumbrar. El acto final llegaba y por fin el telón terminó cayendo al cerrarse los ojos, vidriosos y mojados, de un pobre infeliz que yacía herido y vencido, nuevamente, por el destino en una noche oscura de enero. La música cesó y se hizo el silencio más absoluto en el universo de aquella habitación.

Capítulo 8

Unos pasos, al fondo, se hacían notar en el silencio de la noche dentro de una casa a oscuras. Al mismo instante la luz de una débil vela dejaba ver la silueta de una persona moviéndose incesantemente y de manera sigilosa dentro de ella. Asomada a la ventana, quieta e inmóvil. De pronto la luz dejó de alumbrar y la silueta desapareció misteriosamente.

- ¿No consigo recordar, como llegué, desde la orilla? -Se veía Mateu, hablando y escuchándose a sí mismo-

Una sombra se acercaba cada vez más hacia el desquiciado Mateu, que tumbado en la cama comenzaba a sentir como la emoción del miedo se le extendía por todo el cuerpo.

- ¿Quién eres? -Repetía sin encontrar respuesta-

Mientras tanto, la impenetrable oscuridad reinante en su cuarto lo envolvía todo. Los pasos se seguían acercando de manera constante y la silueta no terminaba de dar un claro matiz de la fisionomía de la persona que se aproximaba. La turbación dejó paso al pánico con una rítmica y acelerada respiración que podía provocar una situación insospechada en cualquier momento. El miedo es bueno, pero controlado. Ahora bien, el pánico es un escenario que nadie puede controlar y puede resultar dramático para la persona que lo sufre y las que lo rodean.

- ¡No veo nada! ¡Tan solo a una joven sentada en una silla con una persona a la que no conozco de nada!

- ¡Me quieren enseñar como deshacer el nudo de una cuerda! –Soñaba–

Una profunda inspiración, con un sobresalto y espasmos musculares, le hizo cambiar de lugar en la cama, mientras la idea principal del sueño se repetía.

- ¡No consigo recordar! ¿cómo llegué, desde la orilla?

- ¡Me ahogo! ¡Me ahogo! -Decía con angustia-

- ¡Hay una persona que se me acerca y me abraza!

- ¡Se quiere rodear con todo el mundo que pasa a su lado!

- ¡Está pasando por un mal momento!

- ¡Se acerca a cualquiera! ¡Quiere que me protejan!

La incertidumbre creaba un velo que envolvía todo como una tenue neblina. La inseguridad lo hacía reaccionar de manera primitiva. Daba golpes a un lado y a otro. Desencajado por la angustia observaba como de repente unos ojos blancos se le aparecían entre la oscuridad y lo miraban fijamente.

Parecían serenos, cuando de repente se tornaron rabiosos y una boca dentada lo intentaba morder.

- ¿No consigo recordar, como llegué?

Hundido en el agua y cayendo hacia el fondo descendía al abismo sin poder respirar. Por momentos el pánico era el gobernante de la situación. Respiró profundamente y se dejó llevar. Al momento, todo cambió. Hubo paz y tranquilidad. Todo cesó. Los pasos seguían dejándose oír a lo lejos hasta que por fin un rostro de mujer se dejó ver. Una cara placiente lo miraba sonriendo para volver a alejarse en la inmensidad de la oscuridad que la había traído. Dejó de escuchar y ver ruidos. Todo era sosiego. Al rato una voz le comenzó a susurrar en el oído:

- ¡Mucha suerte en el camino!

- ¿No consigo recordar, como llegué, desde la orilla hasta mar adentro?

Tras unos minutos la escena cambió totalmente de registro, así son los sueños y así es la mente.

- ¡El despertador sale volando por la habitación!

- ¡Tengo que seguirlo!

- ¡Se ha encaramado en lo alto de un avión!

- ¡Vuelo... vuelo!

- ¡Tengo que cogerlo!

- ¡Es imposible, cada vez que me acerco cambia de posición! –Soñaba, Mateu, de forma agitada-

Un ruido estridente lo despertaba, entre olor a alcohol y sudor. Sentado en el sofá comprobaba como su reloj se había caído en el suelo y estaba lejos de donde lo solía poner todas las noches. La embriaguez y la desolación lo habían hecho vivir intensamente unos sueños en los que sus miedos y algunas que otra sorpresas lo tenían muy aturdido por la cantidad de absurdos a los que se había tenido que enfrentar. Tras volver en sí y refrescarse pudo recordar algunas pequeñas cosas de las imaginadas. Interiormente se encontraba fatal, como si lo hubieran apaleado. También tenía una sensación de nerviosismo y temblor en su cuerpo. Necesitaba ayuda. No tardó mucho en vestirse y hacer una llamada.

- ¡Hola! ¿Carmen?

- ¡Hola Mateu! ¡Díme!

- ¡Necesito verte, es urgente!

- ¡Espera, miro la agenda! -tras unos segundos- ¡Mira Mateu a las once tengo un hueco! ¡Pásate!

- ¡Ok! ¡Gracias Carmen!

Después de lo sucedido en el accidente en el que pereció Emma, Mateu sufrió una gran depresión y estuvo en tratamiento psicológico para superarlo. Una amiga, llamada Carmen, conocida desde hacía mucho tiempo y a la que tenía gran cariño fue la encargada de aplicarle terapia. Al principio costó un poco, era reacio a visitar a médicos y menos a psicólogos. Tardó, pero acabó yendo a consulta.

- ¡No sé por donde comenzar! –Le dijo-

- ¡He ido pasando por varias fases y sensaciones de agobiantes estados emocionales!

- ¿Y has tenido sueños? –Lo interrumpió Carmen-

- ¡Sí! ¡Esos han sido muchos!

- ¡Hubo una situación en la que estaba subiendo una escalera o algo así, y ella se agarraba a mí!

- ¿Te refieres a Emma? -Volvió a interrumpirlo-

- ¡Sí...! ¡Me refiero a ella!

- Todo era genial hasta que algo hizo que estuviéramos uno abajo y otro arriba. –En ese momento se pasó las manos por la cara-

- ¿Estás bien? ¿Quieres continuar? –Comentó Carmen-

- ¡Sí, si!

- ¡Para Emma, la respuesta no estaba en la cima!

- ¡Ella se resistía a ascender por aquellas escaleras!

- ¡Cada vez se hacía más difícil mantenerme agarrado a ella! -Seguía relatándole de manera angustiosa-

- ¡Respira hondo! ¡y si lo consideras oportuno paramos unos momentos y ahora seguimos! –Le volvió a insistir Carmen-

- ¡No no! ¡Quiero seguir!

- ¡La situación era insostenible, angustiosa!

- ¡Yo tiraba de ella, pero no había forma! ¡Se resistía, la perdía... luchaba por mantenerla a mi lado, pero era inútil!

- ¡La lucha era fratricida! ¡Yo lloraba, chillaba y le pedía que me acompañara!

- ¡Pero no había manera!

- ¡Respira! -Comentó Carmen-

- ¡En un nuevo movimiento hacia arriba sucedió lo inevitable!

- ¿Y qué fue lo inevitable? -Le preguntó-

- ¡Mi mano se soltó de la suya! -Mateu comenzó a llorar-

- ¡Tranquilo Mateu! ¡Llora lo que tengas que llorar, es bueno hacerlo!

- ¡No puedo estarlo!

- ¡Puedes quedarte ahí, llorando y pataleando, tratando de convencerte de algo que no tiene solución! –Le comentó con contundencia Carmen-

- ¡Algo a lo que ya no se puede poner remedio!

- ¡Puedes incluso ir contra todo tu ser y contra ti mismo!

- ¡Pero te darás cuenta, tarde o temprano, que ya nada es igual!

- ¡Ya! ¡Te entiendo! –Dijo un desolado Mateu-

- ¡Así que por más doloroso y difícil que sea, debes de entender que no puedes hacer nada más que seguir avanzando y recordar los acontecimientos desde el lado positivo y bello de las cosas!

- ¡De esta forma conseguirás que en ese sueño puedas agarrarla nuevamente de la mano y ponerla al lado tuyo! – Terminó diciéndole-

- ¡Debo superar esto! -Afirmó él-

- ¡Es bueno pensar así, Mateu!

- ¡Cuando iniciamos un crecimiento interior pasamos por un proceso en el que se pierden y se ganan muchas cosas!

- ¡Es como tu sueño!

- ¡Vas subiendo peldaños y a cada paso que das tienes que dejar escapar de tus manos cosas!

- ¡Uffff...! -Suspiró Mateu-

- ¡Puedes pelearte con el mundo entero, Mateu, pero el proceso de maduración y cambio en un duelo es así!

- ¡Llegados a un momento hay que iniciar de nuevo nuestro propio camino!

- ¡Podría ponerte multitud de ejemplos o paradojas, pero eso seguiría siendo teoría!

- ¡La verdadera dificultad viene siempre en la práctica!

- ¡Uffff....! ¡Ya! ¡Pero es tan difícil!

- ¡Nadie dijo que esto de vivir fuera fácil, Mateu!

- ¡Lo más importante es buscar el ser consciente de las cosas para afrontarlas y poder cambiarlas!

La vida no dejaba de ser lo que le estaba pasando a Mateu, un gran camino en el que se iba haciendo escalas a la vez que se encontraba con personas que lo acompañaban durante este proceso de crecimiento personal, como le decía su amiga. Toda esa transición lo transfiguraba hacía un ser distinto, bueno o malo, pero diferente.

- ¡La vida es una cuestión de opciones! -Le repetía su amiga la psicóloga-

Así es nuestra existencia, un transitar por una senda en la que debemos ir acostumbrándonos a adaptarnos a cada momento. Un acomodo constante para sobrevivir. Pues no sobrevive aquel que es más listo, sino el que sabe adecuarse y utilizar las herramientas necesarias en cada momento. El tiempo que le costará amoldarse sería decisivo para disfrutar de su trayecto o consumirlo estérilmente. Por eso, y tras venir de perder su trabajo, su amante y de estar en el punto cero vislumbrando cual sería su próxima salida aventurera debería buscar su puesto en el escenario de la vida. Había sido Quijote durante un tiempo y ahora volvía preso, por los acontecimientos del momento, al exilio de las perturbaciones mentales. Pero pronto se alzaría con su montura, nuevamente, para afrontar nuevos retos y luchar contra gigantes en el camino de la existencia.

- ¡Ahora es tu momento!

- ¡Avanza, recoge tu armadura y sal a la lucha!

- ¡Es necesaria tu presencia y tus actos en un mundo de perturbados como es el que vivimos! -Le recordó Carmen-

- ¡Ufffffff! –Suspiró-

- ¡Sal y compruébalo por ti mismo! –Lo animó-

- ¡No sé!

- ¡Hay que encajar en la vida como en la historia que te voy a contar y que un día me relataron a mí!

- Dicen que hubo una vez un maestro que estando en presencia de su alumnado cogió un bote vacío y lo llenó de piedras como pelotas de golf y les preguntó a todos ellos si consideraban que estaba lleno.

- Todos respondieron afirmativamente.

- A continuación, sin decir nada, introdujo dentro del frasco pequeñas bolas de colores. Éstas llenaron los espacios que quedaban vacíos entre las piedras.

- De nuevo les volvió a preguntar si lo veían lleno.

- Nuevamente dijeron que sí.

- Seguidamente, cogió arena y la derramó dentro, lo que hizo que se llenaran los espacios que quedaban entre las piedras y las bolas de colores.

- Volvió a decir a su alumnado si consideraban lleno el frasco.

- La respuesta fue unánime otra vez. Un sí.

- ¿Y toda esta monserga para qué? -Comentó Mateu un poco hastiado de historias-

- ¡Para que veas como es la representación de nuestro mundo interior y cercano!

- Las piedras simbolizan a la familia, la salud, amigos y otras cosas importantes. Elementos que aunque se perdieran todos los demás, nuestra vida estaría llena de sentido

- ¡Y las otras cosas que significado le das! –Le preguntó, Mateu, interesado-

- ¡Pues mira, las pequeñas bolas de colores serían otras cosas que nos aportan mucho en la vida, como el trabajo, la casa, etc!

- ¿Y la arena?

- ¡Eso es todo lo demás!

- ¡No entiendo tu historia! –Le dijo rotundo-

- ¡Sí, ya verás! Si hubiéramos puesto en primer lugar la arena, no habríamos dejado espacio para las bolas de colores y las piedras, o sea lo más importante en nuestras vidas.

- ¡Sigo sin entenderte! -Le repitió-

- Lo que quiero y vengo a indicarte, Mateu, es que no puedes mal gastar todo tu tiempo en las cosas que no tienen importancia, ya que de esta manera no tendrás tiempo para dedicarlas a las más importantes.

- Busca aquellas que son cruciales para que seas feliz. Ocúpate, en primer lugar, de las piedras.

- Establécete prioridades en la vida, el resto es solo un puñado de arena en tu camino.

Capítulo 9

En vísperas de semana santa, Mateu, comenzaba su particular vía crucis por un terreno muy pedregoso y angosto. La desazón se convertía, nuevamente, en la antesala de su depresión. Un lugar oscuro en el que si se entraba costaba salir. Para algunos era un arte estar solos. Era considerado como un ejercicio de conocimiento introspectivo que algunos iluminados podían llegar a alcanzar. Por tanto, era visto como una maestría que lleva hacia la libertad y al desapego de las cosas. Pero si nuestro yo interior se encontraba bajo el hechizo del amor, el sufrimiento sería como una pesadilla. El pobre Mateu se encontraba atrapado en ella como el personaje de Segismundo en -La vida es sueño-, de Calderón de la Barca. No terminar de estar cuando vuelve la zozobra y el desconcierto ante la realidad. En contextos y años diferentes pero de clara decadencia del estado.

- ¡Lo decía claro y nítido Calderón al referirse a la vida! expresaba con nostalgia, al mismo tiempo que repetía:

"Todos sueñan lo que son, aunque ninguno lo entiende. Yo sueño que estoy aquí de estas prisiones cargado, y soñé que en otro estado más lisonjero me vi.

- *¿Qué es la vida?*

- *Un frenesí.*

- *¿Qué es la vida?*

- *Una ilusión, una sombra, una ficción, el mayor bien es pequeño; que toda la vida es sueño, y los sueños, sueños son"*

Su encrucijada era situarse en el momento presente.

- ¿Qué hacer?

- ¿Qué camino escoger?

- ¿Por qué se encontraba recibiendo este castigo tan doloroso de la vida?

- ¿Por qué ese resonar de estrofas de pena y "quejío" ante lo que todo el mundo ansiaba?

- ¡Lo que yo lloro, ya otro lo lloró! –Decía–

- ¡Lo que yo me apeno, muchos, también, lo pasaron ya por el purgatorio!

- ¿Por qué de este sufrir? -Repetía sin cesar-

- ¡Muy claro está en Segismundo al ser mísero e infeliz! -Seguía con el personaje de Calderón-

- *"Apurar cielos, pretendo, ya que me tratáis así, qué delito cometí contra vosotros naciendo"*

- *"Aunque si nací, ya entiendo qué delito he cometido; bastante causa ha tenido vuestra justicia y rigor, pues el delito mayor del hombre es haber nacido"*

Su encrucijada se debatía entre tomar rumbo a Barcelona y de allí un vuelo hasta el lugar donde tuvo lugar el fatal desenlace que terminó con la vida de Emma. El viaje fue fugaz, llegada en tren a la estación de Sants en la capital Catalana y vuelo hasta el lugar donde tuvo lugar la catástrofe. Allí, frente al monolito erigido por los fallecidos llevó flores y tras una breve pero intensa vista al valle donde se encontraba, respiró profundamente y regresó de vuelta a su encierro en Córdoba. Otra vez, la vida se convertía en sueño.

Capítulo 10

La primavera era una estación del año, en Córdoba, en la que todo cambiaba de una manera extraordinaria. El olor, la vista, las gentes, el ambiente, el calor, entre otros factores se concebían de un modo especial. Un gran repertorio de elencos y actividades se repartían, por distintos puntos emblemáticos de la ciudad, durante varios meses, en la que la esencia del arte se desataba como perfume embriagador por el aire de la capital. La cultura era la antesala de todo el esplendor artístico que un día hizo que esta urbe fuera conocida en el mundo entero por ser una ciudad espejo durante el siglo octavo d.C.

La feria del libro abría el cofre del saber en la perla dorada del antiguo Califato. El bulevar se llenaba de curiosos alrededor de los diversos stands, acoplados a ambos lados del paseo peatonal, donde se exponían los libros editados en los últimos doce meses. Un evento ido a más cada año. Las publicaciones habían bajado dado que las editoriales estaban en plena reconversión y más de una librería se encontraba cerrando sus puertas debido a la crisis. Hoy en día cualquier cosa podía encontrarse en Internet, lo que daba poco margen a nuevas ediciones escritas en formato libro. Los escritores se las pagaban de su bolsillo si querían editar. Era una nueva política que estaba revolucionando el mercado. En esta edición el eje central era la publicación de –Platero y yo- de Juan Ramón Jiménez a la que se le hacía un merecido homenaje con recitales en la carpa que se encontraba al principio de la muestra.

Una entregada contadora de historias se disponía a recitar de manera breve algunos fragmentos de la historia de un burro plateado al que su dueño adoraba y en el que, según la prensa, *"la alegría y la pena"* eran gemelas.

- ¡Buenas tardes! –Saludó la mujer, a modo de bienvenida, a todos los asistentes-

- ¡Vamos a dar comienzo el recital! -Comentó mientras los sones de una guitarra se hacían oír de manera melodiosa-

- ¡Platero! –Decía-

- ¡Platero es pequeño, peludo, suave; tan blando por fuera que se diría todo de algodón...! -Recitaba con voz aterciopelada y acompañada de sonidos que la envolvían en un estadio superior-

- ¡Él comprende bien que lo quiero, y no me guarda rencor!

- ¡Es tan igual a mí, tan diferente a los demás que he llegado a creer que sueña mis propios sueños! - Proseguía su letanía-

La sala estaba abarrotada de gente que, con cierto murmullo, acudían impávidos a tan bella lectura. Las palabras de aquella persona le hacían recordar, a Mateu, momentos y circunstancias vividas recientemente.

- ¡Blandos los ojos y tristes. Fui a él, lo acaricié hablándole, y quise que se levantara... No podía... Entonces le tendí su mano en el suelo...!

- ¡A mediodía, Platero estaba muerto!

- ¡La barriguilla de algodón se le había hinchado como el mundo, y sus patas, rígidas y descoloridas, se elevaban al cielo...!

Llegados a este momento, Mateu, recordaba cómo en sus sueños alguien lo acaricia de manera insistente. Le cogía la mano y le pedía que se acordara de él.

- ¡Si, como pienso, estás ahora en un prado del cielo y llevas sobre tu lomo peludo a los ángeles adolescentes!

- ¿Me habrás, quizá, olvidado?

- ¡Platero, dime!: ¿te acuerdas aún de mí? -Y los sones de guitarra dieron por concluido el recital-

Tras los muchos aplausos a los que se vio sometida la protagonista principal y el músico, se marcharon por la puerta contigua. Poco a poco se fue quedando la sala desierta. Inmóvil y quieto se quedó, Mateu, en su asiento meditando sobre las palabras y frases vertidas hacía unos momentos.

Algunas le evocaron muchas emociones vividas en los últimos meses, lo que hizo que la confusión llenase toda su mente de inseguridades.

Los olores se hacían notar por cualquier rincón y callejuela. La cantidad de naranjos repartidos por las calles hacían perfumar la ciudad de una manera única y embriagadora. Los manjares y ricos caldos eran presentados en todas las cartas de bares y restaurantes. Flamenquines, rabo de toro y salmorejo, entre otros platos, hacían deleitar a los más expertos paladares del mundo que se afanaban en saborear estas espléndidas viandas. Siglos de conocimiento culinario que daban lugar a platos tan sabrosos que confundían conciencias. Estar en Córdoba era trasladarse a otro tiempo en el que la única preocupación era disfrutar del tiempo para saborearla.

Llegados al mes de mayo los acontecimientos festivos brotaban por doquier, como el aroma a azahar que emergía en sus calles. Las cruces eran colocadas por los rincones más bellos, siendo engalanados con los mejores abalorios y flores. Le seguían los patios, espacios interiores de las viviendas que servían para ventilar la casa y como lugar de encuentro de los vecinos o de la familia. Una herencia islámica que hacía adornar con multitud de flores colgadas de macetas en las paredes de dichas estancias. Junto a ellas los arriates y el elemento por antonomasia que no podía faltar, el agua. Pasado el tiempo incorporaron otro tipo de ornamentos, como muebles y restos arqueológicos entre otros.

La cata del vino, continuaba este gran esplendor de fiestas, era el escenario oportuno para encuentros, debates y operaciones de todo tipo. La explanada de la Diputación abría sus puertas para la multitud de expositores que se darían cita y que harían deleitar los paladares de los asistentes que pasarían por allí a saborear buenos vinos. Era una de las excusas perfectas para que la mayoría de los trabajadores de las empresas y grupos de amigos se reunieran de manera informal, a la salida del trabajo, para una reunión despreocupada bajo el incesante ruido de murmullos. Grupos de personas de toda índole social se congregaban alrededor de un barril de madera y degustaban un oloroso de Montilla-Moriles o un Pedro Ximénez dulce.

- ¿Qué se sabe de Mateu? –Preguntaban algunos mientras conversaban bajo el olor intenso de un buen vino-

- ¡Dicen que se encuentra bien! ¡En su retiro!

- ¡Apenas sale! –Comentaban otros-

- ¡Habría que ir a visitarlo! –Resumían sus antiguos compañeros-

Otros eventos próximos serían la fiesta de la salud y el festival de la guitarra. En todos ellos solían encontrarse el grupo de trabajo del periódico y con ellos Mateu. Este año era diferente. Habría un hueco que no estaría ocupado.

- ¿Pero? ¿Lo echarían en falta?

Capítulo 11

Un tsunami de grandes cambios, sociales y estructurales, se sumía sobre toda la humanidad, en especial sobre la europea, con una multitud de sucesos que se llevaban a cabo por doquier. Todos los seres humanos se encontraban en un proceso histórico de transformación, lo que llevaba inexorablemente a una evolución en todos los elementos que conformaban el planeta. Lo conocido hasta estos momentos era una quimera en comparación con lo que había venido siendo la vida. La incertidumbre campaba a su antojo por todos los rincones del mundo.

Mientras tanto, la evolución de mutación de Mateu se iba conformando en hastío ante la caótica situación, desilusión y falta de esperanza de un mundo sin humanidad, valores y regido por las grandes multinacionales que eran las que dirigían toda esta gran "mierda" de intereses. Entretanto, otra gran ola se cernía sobre gran parte de Europa. Esta era de calor, sobre todo en el sur de España, en la que las temperaturas llegaban a más de cuarenta grados. Y en este calorífico escenario el ser humano se había convertido en un elemento más de comercio, mano de obra barata que en pésimas condiciones trabajaba hasta reventar por un deplorable sueldo que no le llegaba para subsistir. Una conformación de la sociedad en "casta" o en escalas. Por un lado se encontraba la más celesta o alta burguesía e inmediatamente la baja población con dos estadios: La baja y la inferior. La capa intermedia había desaparecido ya. Una involución hacia la Edad Media en la que nuestro soberano era el dinero, sostenido por los todopoderosos mercados financieros. El caos había llegado tan lejos que hasta los estados eran dominados y controlados por esas toxinas de poder monetario. Los regímenes eran sometidos bajo la presión y la persuasión del miedo a sus dirigentes y a sus ciudadanos. La democracia, tal y como la entendíamos desde sus inicios, era vapuleada a golpe de decisiones del FMI, o como decía la protagonista del libro de Michael Ende, "Momo", por los hombres de gris.

Y en este asolador paisaje de verano con un calor que asfixiaba a todo ser vivo, en lo más alto y por encima de la acrópolis griega lucía el astro rey su espléndido brillo abrazador bajo el cual tenía a un pueblo, el griego, a merced de sus dioses actuales, el dinero y los mercados. Las noticias venían a ser como una gran vena abierta que no dejaba de sangrar y de la que todos los días brotaban sin cesar miles de relatos sobre un sinfín de temas que eran de actualidad o que interesan sacar. En ellas, se zambullía todos los días Mateu para estar informado. Había una de gran actualidad en la que se ponía de manifiesto la torre de babel en la que se convertía

Europa. Un territorio en el que no iba quedando una pizca de solidaridad, ni cooperación entre los países miembros. Los ciudadanos eran meros espectadores de la gran obra cómico-dramática que se representaba y de la que formaban parte. Todo estaba dirigido bajo un guión al que eran llevados a actuar a la fuerza bajo la espada, de Damocles, de la marginación, el olvido y la turbación de un futuro incierto.

Los hechos indicaban nuevamente un resurgimiento del caos. Aunque para Mateu resultaba algo inquietante. En uno de sus viajes a Grecia, siete años antes, pudo escuchar la historia que una anciana narraba a los viajeros en un tranquilo y apartado rincón. Uno de esos relatos que al cabo de un tiempo le hacían a uno reflexionar. El lugar era como un oráculo griego, de esos que tantas veces se han visto en películas, donde una pitonisa contaba y respondía en nombre de Apolo a todas aquellas preguntas que los curiosos turistas le hacían sobre su futuro o sobre cualquier cosa.

- ¡Los griegos somos un pueblo que mira por las personas. Un pueblo culto por el saber y el arte! -Comenzó diciendo la mujer mientras levantaba sus brazos hacia arriba-

- ¡Cuna de la filosofía, del conocimiento científico y los Juegos Olímpicos! ¡País donde nació la democracia! – Relataba-

- ¿Qué más se puede decir de este gran país, queridos visitantes?

- ¡Bueno, todos los países tienen algo que aportar! - Comentó un señor al fondo-

La cara de la mujer cambió radicalmente y mirándolo a los ojos le dijo:

- ¡Posiblemente tenga Vd., razón querido señor!

- ¡Pero no se olvide que la cultura griega, junto a la romana, es una de las grandes aportaciones patrimoniales que tiene el mundo y en ella se basa la sabiduría occidental que hoy en día nos abraza¡ - respondió un poco enojada-

En ese momento el silencio se hizo rotundo en aquel lugar. A continuación prosiguió con su alocución, no llena de representación teatral añadida.

- ¡El gran Zeus mandará a Ares, señor de la guerra, a poner a prueba, nuevamente, a los habitantes de estas tierras¡ Decía con gran solemnidad.

- ¡Zeus ha dado a conocer su voluntad enviando una señal! -Repetía haciendo ver que la osadía del turista al dudar de las aportaciones del pueblo griego a la humanidad eran un mal presagio-

- ¡Los dioses han lanzado una advertencia que debe ser interpretada! –Dijo-

Ante esto, los asistentes quedaron confundidos. Algunos reían a escondidas. No entendían nada. Para los griegos fue practica común, antaño, ser muy supersticiosos y llevaban a cabo eventos para saber cual era la voluntad de los dioses ante una situación importante. Por lo que la mujer, rápidamente, se dispuso, delante de todo el mundo, a consultar su oráculo. Apartándolos a todos y comenzando su ritual.

Era costumbre, en tiempos de la Grecia antigua, que los sacerdotes interpretaran dichas advertencias para así estar prevenidos y poder contentarlos. Tras toda la parafernalia que conllevaba una representación y respuesta del oráculo, la mujer guardó silencio, levantó la cabeza y dijo a los asistentes:

- ¡Todo está en marcha para que suceda y así sucederá! -Dijo en voz alta para ser escuchada por todos-

- ¿Pero que es lo que sucederá? –Preguntó el mismo hombre de antes-

- ¡Calla insensato! -Le respondió la mujer mayor-

- ¡Un nuevo héroe griego surgirá del pueblo!

- ¡llegará al poder a través de la democracia!

- ¡Con gran proclama defenderá, delante de los suyos, lo que Grecia hizo y plantó para el bien de la humanidad!

- ¡Será acorralado como una fiera, pero bajo un gran mando de fieles soldados conseguirá sortear las dificultades del gran pueblo que paciente resistirá los envites de los enviados del olimpo!

- ¡Mostrará su sufrimiento al mundo como la representación de Gálata, el guerrero moribundo que agoniza!

- ¡Los enemigos a combatir serán los mismos aliados que se convertirán en simples marionetas en manos poderosas!

- ¡El Héroe saldrá derrotado, pero utilizará la inteligencia de nuestros antepasados, en forma de un gran caballo de Troya, para salir victorioso!

Todos salieron de aquel lugar un poco desorientados. Algunos incluso aplaudían toda la puesta en escena, parecía que estaba todo preparado como reclamo turístico. Pero nada más lejos de eso. Todo había sido espontáneo. Tras salir a la puerta de la calle se ofrecían talismanes de buena suerte. En uno de ellos se fijó Mateu, concretamente en un cuarzo blanco un tanto peculiar que le llamó la atención.

- ¿Cuánto cuesta? –Preguntó-

- ¡Cinco euros señor! -Le respondió el artesano en un castellano un poco peculiar-

- ¿Un poco caro? –Regateó Mateu-

- ¡Tiene efectos mágicos y sirve para rituales señor!

- ¡Cuatro euros y me lo llevo!

- ¡De acuerdo, cuatro euros! –Contestó el artesano-

Años más tarde el pueblo griego tuvo que enfrentarse a uno de sus mayores retos históricos. La mala gestión de anteriores gobiernos de derecha e izquierda habían hecho que estuviera en bancarrota. Llegaron elecciones plebiscitarias para primer ministro y saltó la sorpresa cuando llegó al poder un nuevo partido con un nuevo rostro. Un hombre del pueblo que llegó al poder a través del sufragio universal democrático. Proclamó una serie de propuestas en las que se definía una nueva forma de ver y hacer política. Se enfrentó al FMI y todos los dirigentes europeos. El parlamento Griego tuvo una sesión histórica en la que defendió el derecho a decidir su futuro como pueblo, a no ser humillados y a reivindicarse como país de donde surgió la democracia para no tener que recibir lecciones de ella por parte de ningún país. La vergüenza de Europa hacía crear un espíritu de cooperación entre todos los griegos. Muchos no podían llegar a final de mes, a otros les era imposible comprar sus medicamentos y ya no digamos acudir al dentista o disponer de otros servicios sanitarios. El pueblo se organizó y fue ayudándose en la –Polis- para subsistir ante los poderosos del olimpo. Una vez más el triunfo solidario se abría paso al miedo impuesto de aquellos que se consideraban dioses y no bajaban de las alturas para comprobar cómo se encontraban los mortales.

Todos los representantes políticos de las otras naciones, primeros ministros, se encargaron de vapulearlo. En silencio sufrió la agonía de tener que aceptar por escrito su rendición ante lo que le pedía –La Troika- Aun así, siguió luchando junto a sus ministros utilizando un nuevo Caballo de Troya para vencer. La utilización de un referéndum para que el pueblo soberano decidiera que hacer ante el órdago marcado por Bruselas. El temor al triunfo de un nuevo grupo político, que no fuera de los que entraban dentro del orden fijado por ellos, hacía muy difícil que le dieran oxigeno para que se pudieran mantener. Un chantaje político para derrocar a un gobierno legítimamente elegido por la ciudadanía en las urnas. Por este motivo, todo se hacía difícil para poder cambiar el orden establecido y hacer ver a la ciudadanía que otra forma de gobernar era posible. El héroe griego había surgido, como dijo la mujer, y se había enfrentado al olimpo donde fue vencido temporalmente. Su fuerza se la daba las injusticias que le hacían a su pueblo y su aliento para seguir adelante era tan fuerte como el del mismo Ares, Dios de la guerra. El ídolo había dado un paso hacia adelante, lanzándose al vacío como en la imagen que aparecía en el Fresco de una tumba de

Paestum (Italia), siglo IV a. C., cuando el joven se lanza al agua desde lo alto de un andamiaje, símbolo del viaje a otro lugar, como forma de cambiar lo establecido. Otra forma era posible.

Al igual que en la Ilíada, de Homero, fueron sitiados pero la historia cambiaba. Aún angustiados por la deuda contraída con los acreedores, eran estos los que le habían raptado su libertad y su dignidad. Esto unido a su esperanza por una gran transformación haría dar un vuelco a la historia y alcanzar la victoria. Mientras esto llegara, seguirían luchando para encontrar el camino a casa tras la guerra, como Ulises en la Odisea. Ahora, tras unos cuantos años desde aquel viaje le sorprendían aquellas palabras de la mujer que aventuró lo que en estos momentos estaba sucediendo. Lo que fue, para todos los allí presentes, un acto teatralizado de un oráculo, suponía en ese instante una realidad. La incredulidad de Mateu era supina al comprobarlo. Las crisis al igual que los errores nos hacen aprender. Lo lamentable es que cuando el que aprende desaparece y no enseña a los que vienen, estos pueden volver a cometer los mismos errores.

Un relato, de Mateu, aparecido en prensa, titulado –La nueva Ilíada- respondía a este conflicto. Era una cuestión, como planteaba y citaba Galiano, a la que se unía Mateu al decir que las actuaciones que los seres humanos llevamos a cabo en nuestras vidas son semejantes, por naturaleza, a la de pequeños miserables que solo a ratitos son capaces de hacerlas magníficas sin dejar de estar permanentemente en crisis.

AL OTRO LADO DE LA REALIDAD

Tras los acontecimientos que se vivían en la vecina Grecia y tras sus recuerdos y comentarios, Mateu, cavilaba ante esta historia. Un pueblo, como el griego, en el que nacieron los pilares de la convivencia y tal vez el poco orden dentro del siempre reinante caos. Pueblo brillante, amante de la belleza, la escultura, la pintura y el movimiento, que buscó un modelo de representación de la perfección basado en un juego de proporciones entre las distintas partes del cuerpo. Un canon de ideales griegos que hoy volvía a ser defendido por toda la ciudadanía helena como marco de referencia hacia un nuevo rumbo en la historia de la humanidad y que volvía a comenzar en la misma civilización que sentó los pilares de occidente. La pregunta final, que se hacía Mateu, ante todo este esperpento de acciones que se estaban produciendo, era muy clara e importante:

- ¿Qué canon de conducta y valores nos deberíamos plantear en el mundo para no terminar siendo tan miserables?

- ¿Saber elegir y decir si –VAÍ- o no –OXI-? Esa era la cuestión.

Capítulo 12

A la mañana siguiente y tras revisar su Facebook se encontró un relato, tan repetido por tantos jóvenes, que podría haber pasado desapercibida como muchas otras noticias que circulan por la red. Pero esta era algo distinta, o por lo menos así le pareció a Mateu.

- ¡Somos un país extraordinario!

- ¡Una nación, que lejos de disparates separatistas y cuentos trasnochados se diversifica en regiones con características culturales unidas entre sí por eslabones de historia!

Un país como España no se podía permitir dejar marchar a sus jóvenes por falta de oportunidades.

- ¡Miles de jóvenes españoles vuelven a emigrar como sus abuelos! -Se decía en todos los medios de comunicación-

Hacer que otros países se aprovecharan de tantas horas de formación y experiencia era un despilfarro en materia de educación y preparación hacia este país. Se beneficiaban estos estados del gran esfuerzo y de tantos proyectos en marcha. La historia no paraba de revelar estos acontecimientos. Otros, hastiados de no ser valorados, aquí, decidieron marcharse a países donde si lo eran. De hecho llegaron a ser, aquel reino en el que nunca se ponía el sol. Que banalidad sería, para aquellos que lo vivieron de primera mano, observar ahora que no tenían ni una cuarta parte de todo lo que un día fue el orgullo español. Ahora, se ponía el sol y disponían de un horario impuesto, en su día, por dos pequeños y ridículos dictadores del pasado.

- ¿Qué paradojas tiene la vida? –Se decía Mateu-

Inmerso en las redes sociales, y en todo lo que conllevaba este tipo nuevo de adicción, seguía adivinando el futuro de lo que podría ser *"La nueva España"* para los más jóvenes, que según todos los entendidos eran –los mejores preparados de la historia de este país- pero que no tenía ninguna repercusión aquí.

- ¿Y tanta preparación, para qué? Si al final les terminará ocurriendo como a tantos otros.

- La única salida es la emigración. –Relataba-

- ¡Volvemos a cometer errores del pasado!

- ¡En la edad media teníamos las mejores extensiones de prados y de ganado bovino de Europa! ¡Vendíamos la lana a los países del centro europeo y luego, una vez manufacturadas, nos la vendían a nosotros!

- ¡Imbéciles somos!

- Ahora preparamos mejor que nunca a nuestros jóvenes y cómo no tenemos posibilidades de darles oportunidades los damos gratis a otros países europeos para que se aprovechen de sus conocimientos y formación.

- ¡Muchos no volverán! ¡otros tal vez!

- ¡Imbéciles somos!

- ¡Muchos doctorandos no tienen posibilidad de investigar aquí sus proyectos!

- Los países más aventajados como EEUU y Alemania, entre otros, se los rifan para exprimir lo ya recorrido en sus investigaciones realizadas aquí en nuestro país y así poder ser ellos pioneros en I + D.

- ¡Imbéciles somos!

Conforme describía, todo este desvarío ante el conocimiento desperdiciado por el estado, avanzaba en la lectura de la historia de una joven llamada Azali que denunciaba esta situación en las redes sociales. Eran más de trescientos ochenta mil jóvenes los que habían tenido que emigrar para encontrar algo mejor de lo que se le ofrecía en el país. Para algún miembro del gobierno la situación era muy distinta, lo que estaba sucediendo es que los jóvenes llevaban a cabo simplemente una:

- ¡Movilidad juvenil!

- ¿Qué poca lucidez mental tiene esta persona al pensar así? –Se dijo-

La España, de hoy, se había transformado en un país de pocas oportunidades, donde no había más que recortes en todos los sectores, menos en el de los –chorizos- y los especuladores que habían saqueado las arcas pública a base de robar y engañar a la ciudadanía. Por otro lado, el cincuenta y cinco porciento de la juventud nacional estaba en paro. Esta cifra suponía la más alta de toda la UE.

- ¡Increíble! –Repetía-

Los datos no paraban de aparecer en pantalla para asombro de Mateu. Pero lo que realmente le acongojo fue el relato que hacía en la red la propia joven. Era una chica de pelo rojizo que había estudiado varias carreras y que de forma desgarrada se desahogaba así por internet:

- ¡Mi nombre es Azali y considero que en la vida hay diferentes maneras de volar! -A continuación adjuntaba esta reseña musical. (Fly-Ludovico Einaudi –solo guitar)-

- ¡No me gusta que mi conciencia, y sobre todo mi corazón, hablen por las redes sociales!

- ¡Pero me siento mal, me siento mal por el momento actual que me ha tocado vivir!

- ¡Donde la supervivencia se castiga y la codicia se deja en libertad y sin cargos!

- Hoy me siento castigada, castigada porque cada noche no puedo dormir pensando en que dejo lejos a mi familia, castigada por un país que aun teniendo tres carreras no me permite desarrollarme, aun más.

- Me siento castigada de ver a mis hermanas en la misma situación y si le añadimos, a todo esto, saber que mis padres tendrán que poner una sonrisa al vernos marchar, mi sufrimiento es aún mayor.

- ¡Uffff! -Suspira Mateu y se levanta desesperado de la mesa del ordenador-

Tras pasar por la cocina, y coger un vaso con agua para poder digerir todo lo que acababa de leer, se dirigía al balcón para comprobar que la noche ya había teñido de negro todo el cielo. Se hacía maravilloso caminar por la ciudad, y disfrutar de todo el elenco de actividades que se programaban durante estos meses y que permitían recrearse en lugares tan emblemáticos como los jardines del Botánico con los conciertos de música sefardí que allí se llevaban a cabo. Mientras la luna llena amplificaba su brillo para dar más luz a una Córdoba que abría el abanico a la cultura con su noche blanca del flamenco.

Sin pensarlo, bajó y se perdió por esas callejuelas de una embrujada Córdoba que a media noche se trasformaba en mágica. Necesitaba andar después de ver la historia de Azali. El paseo por la Judería ante el arco del triunfo mirando al puente romano y a la Torre de la Calahorra le hacía pensar en las palabras de la joven.

- ¡Lo que es la vida! ¡Decir que estoy, aquí, en el califato independiente de lo que fue un día, Al-Andaluz, centro neurálgico de la cultura y el conocimiento!

- ¡Todo se desvanece como el azucarillo al removerlo en el agua! -Recapacitaba mirando hacia la belleza que ofrecía aquella instantánea nocturna frente al puente-

La vida es para vivirla y para aceptarla con todos los cambios añadidos que conlleva su transito. Traspasar el arco del triunfo, ese marco de piedra frente al que se encontraba, sería como una forma de volar, de cambiar, de crecer a nivel personal. Una forma de perspectiva particular que determinaba un juicio particular de verdad absoluta y que reflejaba, en definitiva, una manera distinta de ver el mundo, pero sin ser necesariamente válida para todos. Además, interiormente era necesario salir de la crisálida en la que se había guarnecido desde su despido. Debía perder el temor a lo nuevo. Un cambio lo haría crecer personal e interiormente. Su vida se transformaría al momento, pero para ello tenía que ser consciente de esa mutación por la que estaba transitando. Era como Azali, no bastaba con quejarse había que actuar siendo consciente de lo que le estaba sucediendo. Tras pasar esa puerta de piedra, enfiló el camino del puente para pasear, observar y sentir el viaje del agua del río que nunca se detiene y que ante las dificultades busca la forma de seguir adelante.

- ¡Qué irónica es la vida! ¡Una decadencia social y humana a nivel mundial!

- ¡La humanidad es como un castillo de naipes, siempre a un paso de caerse, sostenido por una base tan insegura que no da un sustento firme y seguro!

- ¡Maldita crisis y horrenda actitud de nuestra especie! ¡Todo parece estar decidido para dejarse llevar por las circunstancias!

Mientras meditaba, algo ocurre de manera casual y de improvisto al lado suyo. Un anciano que, a paso lento, paseaba por el puente se aproximó hacia donde estaba él, con gran educación y saber estar lo saludó al mismo tiempo que le sonreía.

- ¡Buenas noches, Caballero! -Le dijo-

- ¡Eeeeee! ¿Cómo dice? -Contestó Mateu desconcertado-

- ¡Que le comentaba que hacía buena noche para pasear y apreciar Córdoba desde un sitio tan privilegiado como es este puente!

- ¿No cree Vd.? -Volvió a reconducir la charla el anciano-

- ¡Sí, si! -Le replicó un poco confuso y nervioso ante lo que estaba ocurriendo-

No hay nada más malo que la soledad y no tener con quién hablar y compartir ideas o pensamientos. Y los acercamientos de unas personas a otras son muy difíciles sino se realizan formalmente. Nadie habla, así como así, con nadie. Y por la noche menos. Nuestros miedos aparecen de inmediato a ayudarnos a defendernos. Esto es lo que le estaba sucediendo a Mateu. Le provocó pavor aquella situación hasta que el anciano le aclaró que tan solo paseaba y que lo que quería era charlar.

- ¡Mire joven, todas las noches que puedo salgo a pasear por esta maravillosa ciudad que es Córdoba!

- ¡Es bueno andar! –Le replicó Mateu-

- ¡Y tras muchos años de angustiarme y estresarme por unas cosas y otras me doy cuenta de que se me ha pasado la vida en un plis-plas!

- ¡No me he dado cuenta de saborear los minutos, las horas, en definitiva he agotado mi tiempo de forma insulsa!

- ¡Le entiendo! –Le correspondió con una sonrisa, siendo más consciente del mensaje que le transmitía el anciano-

- ¡Emigré y regresé pensando que el dinero era lo más importante, y en mis últimas lunas veo que me ha faltado dejar algo que me hiciera dar sentido a mi vida!

- ¿Y qué es eso que le ha faltado? -Respondió intrigado-

- ¡Un legado! –Dijo sonriendo y mirando a la luna mientras se agarraba con fuerza al poyete del puente-

Esa noche había una gran luna llena que brillaba en el firmamento y que daba luz al espacio histórico en el que se encontraban.

- ¡Todavía esta a tiempo! ¿no cree? –Insistió Mateu-

- ¿Tiene Vd. hijos? –Contestó el anciano-

- ¡No!

- ¡Yo tampoco! -Comentó amargamente el hombre mayor-

El silencio, en ese momento, se hizo sepulcral hasta que el viejo rompió ese estado de callado mutismo en el que habían caído los dos.

- ¡Hoy! ¡Esta noche es una de esas en las que la luna está en su máximo apogeo!

- ¡En efecto! ¡Hay luna llena! –Afirmó Mateu-

- ¡La Luna Azul! Así es como la llaman –Dijo el anciano-

- ¿Azul? ¿Y eso porqué?

- ¡Pues no lo sé! –Le respondió-

- ¡Pero así la denominan!

- ¡Además, comentan que tiene una poderosa y extraordinaria magia capaz de acabar con una mala racha de sucesos que uno haya pasado recientemente!

- ¿Y cómo se utiliza esa magia tan poderosa que tiene? – Preguntó Mateu-

- ¡Pues...! -Y tras dudar unos segundos le contestó-

- ¡Para formular tu deseo puedes cargar un talismán con la luz que desprenda esa noche la luna!

- ¡Ese talismán puede ser un cristal que tenga un simbolismo especial para ti!

- ¡También puede valer una joya de plata!

- ¡Una vez se haya cargado durante toda la noche debes de llevarlo contigo! –Terminó diciendo el anciano-

- ¿Sólo eso? –Sorprendido, le contestó Mateu-

- ¡Bueno...! ¡Igualmente puedes escribir una lista afirmativa de cosas o de deseos en presente, como si ya se hubiesen realizado!

- ¿Entiendes? –le demandó en positivo el anciano-

- ¡Si, si! ¡le entiendo! Por ejemplo. "He encontrado mi camino y soy feliz"

- ¡Exactamente!

- ¡Una vez realizado guarda esa lista en lugar seguro durante un año y pasado ese tiempo vuélvelo a revisar a ver que ocurrió!

- ¡Pero recuerda, que más importante que tus propios deseos son las cosas que hagas en el camino hacia su consecución!

Y como si de unas palabras de conjuro se trataran dijo, el hombre mayor, por último:

- *"La luna abre caminos iluminando al viajero. Escucha y atiende, pequeño aprendiz, que todo lo que llega a buen término es fruto de una minuciosa labor de planificación y estrategia. Usa tu sentido común. No por poner música a las plantas y no regarlas seguirán vivas mañana. Piensa que la magia refuerza e intensifica las acciones, pero no las sustituye"*

- ¿Y existe un ritual establecido en algún lugar para llevar a cabo todo esto? –Motivado e intrigado, preguntó Mateu-

- ¡Los materiales son bien sencillos de conseguir! –le dijo- ¡un cuarzo blanco, una vela de color azul...!

- ¡Un momento, por favor que lo apunte! ¡Que si no se me va a olvidar!

- ¡Te repito! cuarzo blanco, una vela de color azul, sahumerio de mirra y esencia de vainilla.

- ¡Todos estos elementos los puedes encontrar en herbolarios o incluso en tiendas de magia especializadas!

- ¡Ya...! ¿Y con todo esto que hago?

- ¡Una vez lo tengas, todo, debes de seguir el siguiente ritual!

Para Mateu era una situación rocambolesca la que estaba viviendo. Magia, amuletos y un sinfín de historias que eran muy surrealistas. En ese momento el hombre sacó un papelillo liado en forma de canutillo del bolsillo de su chaqueta y se lo entregó. Tras desliarlo, lo leyó. El rito que había que invocar decía así:

- *Baña la vela con esencia de vainilla de abajo hacia arriba, colócala en un lugar abierto donde pueda darle la luna, de no ser posible, colócala lo más cerca a un espacio abierto. Al lado de la vela, coloca el cuarzo blanco y enciende el sahumerio y la vela.*

- *En estado de meditación y relajación, repasa los acontecimientos ocurridos en tu vida en el último año. Principalmente, presta atención a los negativos. Escríbelos a la luz de la vela con un lápiz. Uno por papel.*

- *Después prende los papeles con la llama de la vela y ponlos en un recipiente para que se quemen completamente. Mientras se queman ofrece una oración.*

- *En otro papel, escribirás tus deseos más profundos y los colocarás debajo del cuarzo blanco, diciendo otra oración.*

- *Deja que la vela se consuma completamente, el papel de tus deseos, el cuarzo y el sahumerio los dejarás bajo la luz de la luna toda la noche"*

Dicho lo cual, el anciano, lo miró a los ojos y se despidió de él dándole las gracias por haber compartido su tiempo.

- ¡Gracias por tu tiempo y por haberme quitado un rato de mi soledad!

- No gracias a Vd., por compartir conmigo parte de su sabiduría.

- ¡Buenas noches joven!

- ¡Que pase buena noche caballero! –Terminó diciendo Mateu-

Pero antes de dejarlo, se le acercó y le susurró algo al oído que lo dejó pensativo. Un golpe en la espalda, una mirada profunda a los ojos y una sonrisa calida antes de darse media vuelta e irse caminando. Su silueta se perdió entre las callejuelas mágicas de la judería cordobesa. Él se quedó admirando un rato más esa magnífica luna hasta que decidió regresar a su casa. A su llegada no paraba de dar vueltas a lo hablado con el anciano y tras tumbarse en el sofá quedó en brazos de morfeo hasta el día siguiente que despertó con un gran dolor de espalda por lo mal que había dormido esa noche.

Después de mucho darle vueltas a la cabeza por su encuentro con el viejo, tomó la determinación de llevar a cabo el ritual. Recordó que en su viaje a Grecia adquirió un mineral de cuarzo que tenía las características que le dijo el anciado. Hizo que dicho elemento natural se cargara con la luz de la luna de esa noche. Y para la ubicación del acontecimiento se trasladó a la ciudad mágica y palatina, que mandó edificar Abderramán III, Medina Azahara o مدينـة الزهراء Madīnat al-

Zahra, en árabe. Después de recorrer unos ocho kilómetros con su coche, llegó a la gran urbe veraniega del califato. Apagó las luces y sin saber cómo, se introdujo por la puerta norte o del camino de los nogales que era la entrada desde la capital. Burlando los controles de vigilancia nocturnos tomó rumbo a una zona abierta para llevar a cabo su plan. Por un momento quedó en blanco y turbado ante el nuevo escenario imaginado que se presentaba delante de él.

- ¿Realidad o ficción?

- ¡No consigo recordar! ¿cómo llegué hasta aquí? -Se preguntaba-

Necesitaba un lugar abierto en el que poder tener contacto directo con la luna de esa noche, y que mejor escenario que uno lleno de magia como éste. Pasó por el edificio basilical superior o casa militar que se encontraba en la parte más oriental y en el que el suelo aún conservaba el ladrillo tradicional de la época.

- ¡Este puede ser el lugar perfecto! –Pensó-

Pero al escuchar unos ruidos y unas voces se escondió tras los arcos de la portada. Esperó unos minutos y decidió cambiar de ubicación. No había visto nada ni a nadie pero tuvo miedo a ser descubierto. Anduvo un poco más y se situó en el gran pórtico en la entrada oriental al recinto del alcázar, situada frente a la plaza de las armas. Constituido por grandes arcos y una gran explanada donde podría llevar a cabo lo que lo había traído hasta aquí. Todo lo organizado y dispuso para el ritual. Dio comienzo sin más. Terminado escribió en un papel el deseo que ansiaba y lo dejó dentro de una hendidura de la pared de las columnas que soportaban y engalanaban los arcos del lugar elegido para dicha ceremonia. Tras volver a escuchar, nuevamente, voces y ruidos salió corriendo tan rápido y veloz que el talismán quedó perdido en aquel lugar.

El sol, nuevamente, comenzaba su reinado un día más, mientras era saludado por la luna que gustosa le daba el relevo tras una noche misteriosa. A lo lejos un coche tomaba rumbo a la ciudad dorada después de haberlo dispuesto todo para que la magia hiciera presencia en el mundo terrenal.

Capítulo 13

En la sociedad actual había una vida silenciada o tal vez mejor dicho una muerte encubierta. Por un lado se podían encontrar aquellas noticias que sucedían cotidianamente a las personas y que no eran difundidas por ningún medio de comunicación, quedaban dormidas y secretas solo para algunos. Por otra parte se hallaban aquellas otras que perduraban en el interior de algunos haciéndoles mucho daño, sin exteriorizarlo y que los llevaban, en sigilo, hasta su desaparición voluntaria mediante el suicido.

Las muertes de personas se habían convertido en un hecho palpable en los últimos años. Algunos eran sacados a empujones de las casas donde vivían, con sus hijos, por no poder hacer frente al pago de la hipoteca y quedaban en la calle sin tener un lugar a donde acudir. En esta tesitura podían perder incluso la custodia de sus hijos, por parte de los servicios sociales, al no tener medios para cuidarlos con suficientes garantías.

- ¡Nos tiran a la calle como a perros y luego quieren quitarnos a nuestros hijos!

- ¿Dónde está el derecho constitucional, ahora, de tener una vivienda digna? ¿Dónde está?

- ¡Mucho hablar de la Constitución! ¡Pero sólo cuando a ellos les interesa! –Relataba un afectado-

Otros, por el contrario, eran estafados por los bancos quedándose sin los ahorros de toda una vida de trabajo. Este engaño fue denominado –Las Preferentes- con las que estafaban a ancianos, principalmente, ofreciéndoles un producto financiero extraordinario. Mientras los directivos de los consejos de administración, de dichas entidades, disfrutaban de cacerías y tarjetas con las que poder tener gastos millonarios en infinidad de establecimientos. La corrupción estaba generalizada en toda la sociedad y en todos los estamentos del estado, llegaba incluso hasta los propios sindicatos de trabajadores.

- ¡Los suicidios del fin del mundo! –Señalaban las voces más díscolas ante lo que estaba ocurriendo-

Todo influía para que sucedieran estos horrendos sucesos. Lo que si estaba claro, según los expertos, es que dependía de la edad, el sexo y otros factores como la estructura social en la que se convivía. Además, las cuestiones propias del sujeto, su entorno socio cultural y sobre todo la exigencia social al quedar excluido por la norma, lo que venía a significar la automarginación, soledad y el consiguiente suicidio de la persona. Del veinticinco por ciento de los encuestados, había una cuarta parte que pensaba en quitarse la vida debido a su no pertenencia al grupo, a no tener vínculos afectivos con nadie o a no compartir los valores de la sociedad en la que vivía. El suicido era un continuo entre varios factores como la actitud, el pensamiento, la planificación, los intentos y la consumación misma. Pero para llegar al último paso un alto porcentaje de esas personas pasaban antes por la consulta de un psicólogo. Se establecía un mito por el que se decía que la persona lo anunciaba previamente.

- ¡No creo que el que se fuera a suicidar lo anuncie, lo haría sin más! –Respondió en voz alta Mateu-

- ¡Hay un gran peso en la sociedad con el tema de la muerte!

- ¡Nadie nos explica y nos pone ante la tesitura de que, un día, todos moriremos!

- ¡Tenemos pánico a la agonía, al dolor! ¡No a la muerte en sí!

- ¡Tendríamos que debatir en la sociedad el tema de la responsabilidad ante la enfermedad terminal!

- ¡Saber las fases por la que uno va a pasar y ser libre para tomar una decisión!

- ¡El Estado tiene la responsabilidad de garantizar esto!

Los gobiernos democráticos habían avanzado mucho, en algunas regiones, y los prejuicios sociales caían por su propio peso. Pero esa ruptura entre lo que venía impuesto por algunos sectores era aún fuerte. El condicionamiento de las personas a la consistencia del sexo y la muerte, en las religiones, era muy pesado para abordar esos temas. El del sexo estaba ya superado y cuando llegara el momento de la muerte sería el detonante para que las religiones se quedaran sin argumentos definitivos para su continuidad.

- ¡Los valores en la sociedad no tienen porqué estar dentro de las personas con fe!

- ¡Yo los tengo y soy ateo! –Exponía-

- ¡Cuando la muerte quede asumida como algo normal y la vida se transforme en un aprovechamiento intenso del tiempo que tiene cada uno, las religiones perderán gran parte de su electorado!

- ¡No obstante considero que es necesario que existan!

- ¡Hay muchas personas que tienen que aferrarse a algo con lo que expresar su espiritualidad!

- ¡Yo mismo lo hago, no a un dios, sino al propio entorno y universo con el que me relaciono!

Las palabras de Mateu tenían un gran calado en la población que estaba yendo, cada vez más, a debates entre políticos y agentes sociales. La preocupación por los parias, por los excluidos y marginales que sin recursos para afrontar la realidad que les tocaba vivir caían en el abismo de esa muerte silenciada. El ejemplo, duro y cruel, le fue contado a través de un vídeo en las redes sociales. Un mendigo harto de esperar la caridad se preguntaba qué hacer para terminar con su sufrimiento.

- ¡Eso mismo se preguntarán los afectados por las preferentes o por los desahucios! –Argumentaba Mateu-

Pobreza y marginación eran situaciones invisibles que hacían desaparecer a los individuos afectados y ante lo cual las personas se revelaban como contaba con mucho sufrimiento un mendigo en la calle.

- ¡Es duro! ¡Muy duro!

- ¡He dormido en callejones, debajo de puentes y cajas de cartón!

- ¡Al principio lo más difícil es sobrevivir!

- ¡He llevado currículum a todas partes, pero me miran y no soy lo que buscan ahora!

- ¡Pero me dicen que me llamarán, que se los deje en lo alto de una montaña de otros como el mío!

- ¡Además, me piden el número de teléfono y tener coche!

- ¡Y yo les digo! ¿cómo voy a dejar un número sino tengo teléfono?

- ¿Cómo voy a decirles que tengo coche cuando me lo embargaron por no poder pagar?

- ¡Así que..., es una lucha solitaria y diaria!

- ¡Todos los días salgo a buscar trabajo e incluso a pedir limosna en la iglesia o alimentos a Cáritas!

- ¡Aquí, a la salida de la basílica, en la estación de tren o de autobuses!

- ¡Hay algunas personas que me dan comida y otras cosas!

- ¿Entiendes? –Preguntaba en su monólogo el mendigo-

- ¡Me levanto a las seis de la mañana!

- ¡No tengo donde dormir y a veces busco un lugar donde cobijarme!

- ¡Termino durmiendo en el parque o en uno de esos bancos del centro y la policía me saca a las cinco o seis de la mañana!

- ¡Me levanto y regreso a mi que hacer diario para intentar sobrevivir!

- ¡Pero dependo de la gente!

- ¡Muchos me respetan, me conocen!

- ¡Vienen y me dan comida, ropa o cosas así para que pueda seguir viviendo!

- ¡Es muy humillante estar pidiendo con un vaso todo el día!

- ¡He agotado todas mis prestaciones y ya no tengo ningún tipo de ayuda por parte del estado! ¡Estoy abandonado a mi suerte!

- ¡Pero yo no quiero ayudas!

- ¡Tengo dignidad y puedo valerme por mí mismo con mi trabajo!

- ¡La gente me mira como si fuera un vago, y me han llegado a decir: busca trabajo vago!

- ¡Yo les digo, espera, no soy un vago, soy un ser humano!

- ¡y, y... es difícil! ¡Pero... al final del día cuando la gente se va a sus casas y todos están con sus familias! ¡Ahí yo...! ¡Me emociono porque, en verdad estoy haciendo lo posible para salir de esta situación! –Repite sollozando-

- ¡No me importa lo que sea! ¡Solo pido tener un trabajo con toda esta humildad!

- ¡Quiero decir, pierdes toda tu humildad cuando lo pierdes todo!

- ¿Me entiendes? – Volvía a repetir en voz alta.

- ¡Digo, tienes que buscar ganarte el respeto de las personas!

- ¿Me entiendes?

- ¡Mucha gente te mira y te ve como una escoria!

- ¿Me entiendes?

- ¡Un hombre pasó a mi lado y me habló muy mal, yo le miré y le respondí: que Dios lo bendiga señor!

- ¡Pasó de largo se volvió inmediatamente y me dijo!: ¿sabes qué amigo?

- ¡Tuve un mal día, disculpa por decirte eso porque eres un ser humano!

- ¡Por favor acepta mis disculpas! -y metiéndose la mano en el bolsillo le dio veinte euros-

- ¡No importa lo que puedan pensar ya de mí! –Se repetía con resignación-

- ¡Sé que soy un ser humano y el que me haya ido mal en la vida no le da derecho a nadie para llamarme vago!

- ¡Porque no lo soy! –terminó diciendo-

Capítulo 14

Era un domingo soleado en Córdoba en el que la gente se animaba a salir, a pasear y disfrutar del lienzo colorista con el que quedaba dibujada la ciudad en días como estos. Monumentos, museos, jardines, restaurantes, terrazas, callejuelas, patios y un sinfín de escenarios donde poder repartirse el tiempo y deleitarse con un buen menú de cultura, gastronomía y/o paisaje. Todo el mundo podía hacerlo en igualdad de condiciones, incluso las personas con algún tipo de diversidad funcional. Cierto y constatado estaba el aumento de recortes en prestaciones para todas ellas lo que les ocasionaba una infinidad de problemas sobre todo en su movilidad y tareas diarias en sus hogares.

Hacía tiempo que Natalia quedó postrada en una silla de ruedas por una rara enfermedad. Una de esas que se investigan poco por falta de casos y recursos. Que condenan a muchos a resignarse para siempre. Su marido permaneció siempre junto a ella. Sin hijos y apenas familia se fueron apañando muy bien ellos solos. Los dos llegaban, ya, a los setenta años. Él, jubilado con una pensión de setecientos euros y ella con una paga no contributiva se apañaban con todos los gastos que les generaba el día a día. Antes tenían una persona que venía a ayudar Antonio en el cuidado de su mujer. Para Natalia era un suplicio ver como su marido se lo tenía que hacer todo, ya que no podía moverse de cuello para abajo. Con el buen tiempo estaban a todas horas en la calle. El paseo era su hobby preferido. Se sentaban, hablaban, veían pasar a la gente, chismorreaban de todo lo que les apetecía y luego se volvían para casa. Después de almorzar realizaban la misma operación. El calor del sol al medio día era una sensación única que les venía muy bien para sus huesos, pura vitamina. A la caída de la tarde regresaban. Luego se encerraban en su casa, veían la televisión, cenaban y se iban a la cama. Intentaban disfrutar de lo que podían y con lo que les daba de sí sus pagas. Se consideraban felices uno al lado del otro.

- ¡El único problema es que Antonio tiene que hacerlo todo! ¡Yo no puedo moverme! -Comenta Natalia en una entrevista aparecida en el periódico-

- ¡Yo cada día puedo menos! ¡Antes nos venía una persona a casa y nos aliviaba mucho el trabajo con Natalia, mientras yo limpiaba o hacía otros menesteres! -Repetía Antonio-

- ¡Los malditos recortes hacen que estemos solos! ¡Sin atención! –Volvía a comentar Natalia-

- ¡Pero mira como el padre de uno que yo me sé no ha tenido problema en que sus cuidados corran a cargo del gasto estatal! –Indignado resumía Antonio este hecho-

- ¡No hay derecho a que estemos desatendidos! -Enfatizaba Natalia-

La prensa se había hecho eco del problema de esta pareja, que era una de tantas que estaban sufriendo las reducciones en los presupuestos del Estado y de la Junta para estas personas. La familia, en cuestión, se encontraba satisfecha con la interviú realizada. Le había llegado un ejemplar del periódico y lo tenían enmarcado. Una gran fotografía de Natalia y Antonio presidía la crónica.

Era domingo y como todas las semanas se organizaba una venta de flores y artesanía en el patio principal del jardín botánico. Un bello espacio lleno de color, por el colorista espectáculo que ofrecían todas aquellas flores expuestas para la venta. Junto a estos puestos, otros ofrecían sus prebendas a modo de alfarería, orfebrería, pintura, jabones olorosos y otros talleres artesanos que hacían de aquel lugar un zoco que recordaba a los que tuvo esta bella ciudad en sus tiempos de esplendor en el Al Andaluz.

Ellos vivían no muy lejos de este lugar, concretamente en la avenida de Cádiz.

- ¡La ciudad al otro lado del río! –La llamaban-

Sólo con cruzar uno de los puentes paralelo al romano y encontrarse con la imagen de San Rafael, custodio de la ciudad, descendían a mano izquierda hacia la avenida del Linneo. A pocos metros y al borde del Guadalquivir, y frente al zoológico, se encontraba ubicado dicho jardín. En un enclave único y con una extensión de cinco hectáreas y media ofrecía al visitante una serie de servicios como una multitud de variedades de plantas, así como un herbario, el banco de germoplasma vegetal andaluz, el museo de etnobotánica y el de paleobotánica situado en el antiguo molino de agua llamado –Molino de la Alegría- con elementos medievales y renacentistas ubicado al borde de las aguas del río. Además, ofrecían actividades educativas y musicales durante todo el año.

- ¡Qué bonita mañana hemos pasado hoy Antonio!

- ¡Si ha hecho una buena temperatura!

- ¡Me duele la cabeza! –Le dijo Natalia-

- ¡Pues ahora cuando lleguemos a casa te tomas una pastilla y si no se te quita el lunes sin falta vamos al médico. –Le respondió él-

Tras disfrutar de la mañana en tan bello paraje se fueron para su hogar. Un primer piso, en un bloque que no tenía ascensores. Una suerte para ellos, pues sino no podrían ni tan siquiera salir a la calle. Entraron y se dispusieron a almorzar mientras veían la televisión. Natalia se tomó su pastilla y tras esto, Antonio, se acostó un rato. Pero antes tuvo que bajar a Natalia de la silla de ruedas y ponerla en la cama, pues ella también quería hacer lo mismo. Así que su marido lo dispuso todo para llevarla al cuarto, bajarla de la silla e introducirla en el lecho. Los dos quedaron sumidos en un espléndido sueño. La habitación quedó en silencio mientras sus cuerpos descansaban en un mullido colchón acompañados por pequeños haces de luz que se colaban por las rendijas de la ventana de un cuarto lleno por el ruido más místico que desprendía el silencio. En un momento dado, Antonio, dio un ronquido seco que hizo despertar a Natalia.

- ¡Te pasa algo Antonio! -Le dijo sobresaltada-

- ¡Antonio, Antonio! -Lo llamaba sin recibir respuesta-

Sin darle mayor importancia, Natalia, cerró sus ojos y siguió durmiendo. Los sones de una guitarra española desprendiendo caricias nostálgicas podrían amenizar los momentos siguientes a los que se enfrentaría ella. Sola y sin poder moverse en medio de la más mísera de las condiciones sociales. Teniendo sus facultades en plenas capacidades para discernir, percibir y sentir todo tipo de emociones. El gran maestro Paco de Lucía no podría describirlo mejor con su maestría al tocar el concierto de Jerez.

La voz desgarradora de Natalia al ver que el sol enmudecía por las rendijas de la persiana y la oscuridad más absoluta invadía su vida. Sin poder moverse e inmóvil gritaba, chillaba y lloraba. Para Antonio había llegado la hora de decir adiós de forma dulce, durmiendo, en sueños, habiendo disfrutado de un día inolvidable. La impotencia que recorría el cuerpo inmóvil de ella sobre la cama al lado de un cadáver, es algo que no se podía describir con palabras. La mente humana tiene límites y nunca se sabe dónde está y llega el de cada uno. Pasar de la cordura a la locura. Eso mismo estaba descubriendo Natalia. Uno cree morir y sin embargo se da cuenta que todavía le queda más por sufrir. La sed, el hambre quedan al margen frente al miedo y al pánico que siguen a estos desgarradores momentos. Uno va y viene de esos dos mundos de razón y pérdida de juicio. El llanto no sirve, el grito alivia y la risa aparece como cortafuego al límite desesperado de la mente. Tres día después y tras percatarse un vecino que no salían de su domicilio, como hacían de costumbre, decidió llamar a la puerta. Los gritos de Natalia no eran perceptibles, pero si el mal olor que comenzaba a esparcirse por todo el bloque. Preocupado llamó a la policía que vino al momento y junto con los bomberos procedieron a entrar en la vivienda. El escenario no fue nada agradable para todo el que tuvo que intervenir y atender a la pobre Natalia. Hoy se encontraba muriendo lenta y solitariamente en una residencia, echando de menos sus paseos itinerantes, con su Antonio, por esos lugares pintorescos de la Córdoba que a ambos los vio nacer. Los recortes en dependencia seguían estando presentes ante la impasividad de los responsables políticos que carecían de la más mínima sensibilidad social ante casos como los de Natalia. El problema perseguía todavía a muchas familias al borde de situaciones parecidas. Ahora solo le quedaba, a ella, esperar el momento de partir junto a su marido. Los recuerdos y poco más perduraban. Una mirada perdida y unos sones de nostalgia que como un fado hacían embriagar de cante la mente de una persona forzada a la ancianidad.

Amanecía en Al Andaluz y todo estaba dispuesto para que el pintor anónimo cogiera de nuevo su pincel y la paleta de intensos colores dispuestos para ser distribuidos por todos los rincones y plazas de este hermoso lugar. Un sonar de guitarra con unos acordes, del capricho árabe, recorría toda la mezquita y judería. Los olores se mezclaban junto a los recuerdos para la siempre eterna ciudad de Córdoba que el viajero inmortalizaba en sus fotos para el recuerdo.

Capítulo 15

Despertar y encontrarte en un lugar distinto a tu habitación es algo que desorienta considerablemente a cualquiera. No saber el motivo mucho más.

- ¿Dónde estoy?

- ¿Qué lugar es este?

- ¿Por qué me ocurre esta situación absurda?

- ¡Estoy soñando! -Preguntas que se hacía Mateu sin respuesta-

Despertó y se vio en un momento trasladado al mismo corazón del casco histórico de Córdoba. El porqué era todo un misterio. Una plaza, la de Jerónimo Páez, en forma casi rectangular y que se dividía en tres partes. La primera albergaba al Musco Arqueológico en el antiguo palacio de los nobles -Sáez de Castillejo-. Otra parte, en la que una calzada central la dividía en dos. Por la izquierda una zona del antiguo palacio de Casas Altas o Casa del Judío en recuerdo a un romántico francés –Elie Nahmías– que se enamoró apasionadamente de la ciudad y a la que llamó:

- ¡Mi novia!

En la esquina con la calle Horno del Cristo había una robusta y bonita torre cubierta de estilo mudéjar, también un sobrio busto de Lucano y para terminar una fuente. Al lado de esto se encontraba la cuesta de Pero Mato, la más pendiente que existe en toda Córdoba. El motivo de que apareciera, en su imaginación, él y esa plaza era un misterio. Pero había una leyenda que contaba que en ese mismo lugar vivió uno de los mejores médicos que hubo en Córdoba desde la época en la que los árabes fueron los amos y señores de estas tierras. El médico, en cuestión, fue Don Pero Mato que vivió, a finales del siglo XVI, en una casa de la escalera de Santa Ana con su esposa y sus dos hijas, todas ellas hermosas y amables.

Cuentan que un hijo de la familia Páez, que vivía en el palacio de enfrente se enamoró de la mujer de Don Pero, Doña Beatriz, a la que no dejaba de hacerle proposiciones. Ella nunca hizo caso a dichas propuestas, hasta que un día y ayudada por una pícara criada comenzó una relación con él. La criada pronto chantajeó a su señora y ante la negativa de ésta a sus pretensiones económicas fue y se lo contó todo a su señor. La mujer del Doctor ante el infame chivatazo se internó en el convento de Santa Ana. En aquellos tiempos en los que los prejuicios y las apariencias lo eran todo, este hecho supuso un gran escándalo en una Córdoba que dictaba mucho de ser una gran ciudadela. Por lo que, muchos amigos y autoridades mediaron ante Don Pero para que no llegara a perder los estribos y supiera ser misericordioso con su esposa y la perdonara. Dado que tenían dos hijas y que las aguas volvieron a sus cauces Don Pero la perdonó y Dña. Beatriz regresó de nuevo a su casa. Pero las cosas nunca son como uno quiere, y aunque la mujer del doctor se volvió sumisa y esclava en su propio hogar. Los enemigos estaban siempre prestos para la venganza. Un día cuando Don Pero se disponía a salir de su casa, se encontró una cuerda de la que colgaban varios cuernos de carnero. Los quitó y se repuso de tal ofensa. Al volver después de una mañana un poco estresada y al encontrarse con su mujer no supo controlar su ira y le dio muerte.

El ejemplo de Don Pero era uno de los muchos que a lo largo de la historia se habían ido sucediendo en la sociedad. Los acontecimientos se repetían décadas tras décadas en contextos diferentes pero con el mismo final. Además, los estudios lo venían confirmando, el machismo seguía imperando en la sociedad y cada día más aumentaba la sangrienta cifra de asesinatos femeninos.

- ¡No termino de entender! -Se repetía-

- ¿Por qué no para esa voz de comentarme historias en mi cabeza?

- ¡No se dejan de suceder!

- ¡Es como si en mí estuviera implantado un terminal de la agencia EFE!

La confusión volvía a reinar en el interior de Mateu, no concebía ciertas cosas que le sucedían. El día se convertía en noche y la noche en día en apenas unos momentos. Todo era y nada acontecía. Sólo multitud de datos, de historias con sentido pero sin saber de dónde procedían.

- ¡Esto es una sin razón!

Agónico, cruel, bastardo, machista. Miles de adjetivos para gritar por una lacra que no cesaba.

- ¿Por qué matan?

- ¿Otra víctima más?

- ¿Hasta cuándo seguirá esto? -Eran unas pocas de las muchas preguntas que Mateu se hacía-

Andando por la calle llevaba más de media hora con sus hijos apostados a sus flancos. Una niña de diez y un niño de ocho. Cansados acudían de regreso a su casa después de un sábado de diversión y actividades en el parque con su madre. A pocos metros de llegar, alguien, su ex marido se acerca de forma violenta y comienzan a discutir.

- ¿Pero qué es eso? -Se dice Mateu confundido-

- ¡Un cuchillo! -Le dice su voz-

- ¡Noooooo! -Grita sobresaltado-

- ¡Dios...! ¡Su sangre se derrama por el suelo!

- ¡Sus hijos! ¡Lo están presenciando todo!

- ¡Noooo! ¡Cobarde! ¡No te mates!

- ¡No puedo más! ¡Deja de seguir contándome esas cosas!

- ¡No quiero seguir imaginándomelas! ¿Qué va a ser de ellos ahora?

- ¡Lloran! ¡Que alguien llame a la policía! ¡Por Dios que escena más escabrosa!

Como en la singular obra del gran pintor cordobés, Julio Romero de Torres, la fatalidad se había hecho visible en el centro de los acontecimientos. Se encontró envuelto por los sentimientos y las pasiones desatadas de los protagonistas. Los celos, el amor y la muerte representaban en ese mismo momento el cuadro titulado –Cante Hondo- Un desgarrado panorama se formaba con el puzle de los hechos que se habían encadenado hasta el fatal desenlace. El silencio se hizo a su alrededor, no entendía ni comprendía que estaba sucediendo. Porqué veía esas visiones. Al momento, se despertó todo empapado en sudor. Era tarde, aun de noche. Tras unos minutos de confusión se calmó y cayó rendido de nuevo en la cama. Los sueños volvían y la neblina de la incertidumbre se posaba de nuevo sobre sus sueños.

- ¿Cómo?

- ¿Otra vez tú? –Repetía-

- ¿Quién? ¡Déjame, no me atosigues más!

- ¡Detenido y acusado! ¡En la cárcel por abusar de sus hijos!

- ¿Pero que me sucede hoy?

- ¿Qué cuentos son estos?

- ¡Trece años en prisión por una violación que no fue!

- ¡Su mujer se lo inventó todo! ¿Quién le devuelve a ese hombre todo lo que ha perdido?

La voz seguía telegrafiándole situaciones que lo hacían estremecerse en su cama, mientras no paraba de escuchar muchos pitidos y señales que no sabía de donde procedían.

- ¡Todo se aclarará!

- ¡No hubo violación! ¡Nooooo! –Grita–

- ¡Indemnizado con medio millón! ¿Y con eso que arreglan? ¿Quién le devuelve su honor y sobre todo a sus hijos?

- ¡Murió a los pocos años de infarto! -Le dice la voz-

Algo sucede en ese momento, abre sus ojos y ve mucha luz blanca y un gran pitido sobre una pantalla. En un momento dado consigue ver un rostro.

- ¡Dios mío es Emma! -Delira por minutos-

- ¡Emma, Emma! –Repetía sin parar–

A continuación la paz y el silencio volvía a reinar a su alrededor. Era consciente y respiraba profundamente en un estado mucho más relajado. Las contrariedades se repetían. La sin razón era la abanderada de todos los leves pensamientos que reaparecían en su cabeza. Rememoraba la ternura y sentía como algo aterciopelado acariciaba su rostro. Se encontraba perdido en medio de la nada.

- ¿Dónde estoy? -Se pregunta-

- ¡No entiendo lo que ocurre!

Tras una larga y fría noche de imprevistos todo retornaba a la normalidad en aquella habitación donde reposaba. Aturdido esperaba a descansar lo suficiente para despertarse y aclarar sus ideas. La voz había dejado de susurrar a su oído. Se había ido. Ya no estaba allí.

Capítulo 16

La interpretación de los sueños había sido, desde los inicios del ser humano en la tierra, una situación corriente que tenía una manifestación positiva y/o negativa hacia el individuo o el grupo según la lectura que se hiciera de ellos. La idea era tener una explicación convincente sobre lo que acaecía en ese mundo desconocido y alejado de la realidad consciente. El sueño estaba considerado como algo totalmente ajeno al contexto vivido en un estado pleno de atención. Vendría a ser una perturbación situada entre el mundo real y el enigmático universo de la ensoñación.

Un compás sonaba bajo una techumbre de una puerta que simbolizaba el triunfo que una vez hubo entre dos mundos. Los acordes de una violinista delgada, rubia y de tez agraciada sincronizando sus dedos juntos a los de un arco sobre los que marcharon triunfales escuadras y batallones de hace muchos lustros. Una música inspiradora se mezclaba en el aire y en el ambiente. Pisadas que iban y venían con curiosidad. Vuelos de aves que surcaban el cielo. Sonidos de agua bajo un puente. Luz que despertaba al día. Siglos de historia que contemplaban los armónicos timbres melodiosos de alguien que sonreía. Simplemente se producía un equilibrio terrenal en torno a la energía que se desplegaba en aquel entorno. Sonaba la melodía de "Viva la vida" mientras multitud de turistas venían del puente romano hacia la mezquita. Todos se arremolinaban en torno a la joven violinista del puente. Sobria y sin más herramientas que su instrumento los encandilaba únicamente con su forma peculiar de tocarlo.

- ¡Gracias! -Decía la chica mientras unas monedas caían en la funda del violín que tenía a modo de platillo-

Los aplausos se desperdigaban alrededor de ella que sin emocionarse comenzaba con otra composición casi al instante. Tras pasar las hojas de su cuaderno comenzó con fuerza. La melodía que ofrecía ahora era una con gran ímpetu "Dangerous".

- ¡Cierra los ojos y dime que ves! –Comentaba, Mateu, a su voz interior-

- ¡Siente las emociones que se desbordan al escuchar esta canción!

- ¡Aaaaaaahhhhh! -Gritó a no poder más-

- ¡Romper las cadenas! ¡Eso quiero! ¡Eso veo! ¡Aaaaahhhh!

- ¡Quiero despertar! ¡Vivir la vida con intensidad!

- ¡Despertar! -Repetía sin cesar-

Soñaba y tenía sueños que aventuraban tormenta. Se encontraba encadenado a algo que no lo dejaba avanzar. Hundido en lo más profundo del mar sin poder subir a la superficie. Eran momentos angustiosos en los que experimentaba una sensación de ahogo. Entraba en pánico y salía huyendo, pero siempre una especie de nebulosa lo mantenía atrapado en el fondo.

- ¡Me turban estos sueños!

- ¡No se salir de ellos!

- ¡Siempre están ahí! -Comentaba una y otra vez-

Algunas veces se hacía preguntas dentro de la ensoñación en la que se encontrara. Mensajes susurrantes que decía al viento para que algún transeúnte los pudiera escuchar y así conectar con el otro lado de la neblina. Andar el camino de vuelta a casa.

- ¿No sé como llegué hasta aquí? –Murmuraba como una forma de salir de esa prisión donde se encontraba anclado-

Decidió afrontarlos y hacerles frente con todas sus fuerzas. Estaba dispuesto a superarlos. Su ímpetu era fuerte y deseaba con ganas volver a ser el que fue un día.

- ¿Pero cómo hacer esto? –Era su pregunta-

Había oído hablar de la terapia de las constelaciones y su forma pedagógica de obrar en torno a los problemas. Ver la situación desde un punto de vista diferente. Observar el problema desde fuera para llegar a entenderlo mejor. Para ello recurrió de nuevo a Carmen, psicóloga clínica, que ya lo estuvo tratando meses antes. Ella, le explicó en qué consistía y que era una aplicación terapéutica fenomenológica que se aplicaba a nivel individual y/o grupal tratando de buscar el restablecimiento del orden en la persona.

- ¡Es un método no científico, pero da buenos resultados! –Afirmó-

- ¡Pues me animo a realizarlo! -Comentó Mateu-

- ¡Dime que petición es la que haces! -Le preguntó Carmen-

- ¿Petición? –Respondió de forma ingenua-

- ¡Sí! ¿Qué te preocupa?

- ¡Mi situación de aislamiento! ¡Me encuentro oprimido! ¡Encerrado en un fondo del que no puedo salir! –Insistió-

- ¡Pues ya está! ¡Tu petición ha sido hecha! ¡Te invito a la sesión que tendré mañana en mi clínica con otras personas!

- ¡Allí estaré! ¿Sobre qué hora?

- ¡A las cinco de la tarde!

- ¡No faltaré!

- ¡Ok! ¡Te espero!

Al día siguiente se veía en una sala en la que, unas quince personas, participaban en una terapia grupal de constelaciones. Algo nervioso tomó asiento, en el suelo, sobre unos cojines y se puso cómodo. Primeramente, tomó la palabra Carmen y explicó el procedimiento que iban a seguir y como se iba a desarrollar toda la sesión.

- ¡Hola, buenas tardes a todos y a todas! ¡Hoy estamos aquí como cada quince días para llevar a cabo una terapia llamada de constelaciones!

- ¡Hoy nos acompaña Mateu que viene expresamente a realizar una petición!

- ¡Hola, buenas tardes! -Dijo él a los allí congregados-

- ¡La terapia está destinada para personas de diversas índoles y problemas, entre otros los de destinos difíciles como muertes prematuras, exclusión, ganas de resolver experiencias pasadas y algunos trastornos entre otras muchas más cosas! –Relató Carmen-

- ¡Comencemos! -Dijo mirando fijamente a la cara de Mateu-

Su rostro quedó desencajado, pues no sabía que decir. Tras un momento de desconcierto, llevó a cabo su petición solicitando ayuda para salir del contexto de aislamiento, de opresión por toda la cadena de cosas que le venían sucediendo. Para ello, Carmen, le pidió que eligiera de entre los asistentes a alguna persona que representara el sentimiento de opresión. Él se levantó y se dirigió a un joven de pelo oscuro que se encontraba en una de las esquinas de la sala.

- ¿Te importaría ser tú? -Le dijo-

- ¡No tengo problema en representar a la opresión! – Respondió muy educadamente-

A continuación, Carmen, le pidió que fuera capaz de situar a alguien en la sala que lo representara a él mismo, y a otra persona que hiciera de Emma. Así lo llevó a cabo. Por último y para iniciar la terapia le pidió que colocara a dos más representando a la realidad y a los sueños. Los colocó a todos en el centro como le había dicho. La opresión quedó a la izquierda del sujeto que lo representaba y los sueños a su derecha. Más alejada colocó a Emma y a la realidad. En ese momento toda la habitación enmudeció y Carmen le rogó que se colocara en una esquina para que fuera partícipe de lo que allí iba a suceder. Que mirara con ojos abiertos las interacciones de los protagonistas de la constelación. A los participantes les ordenó que fueran moviéndose según los sentimientos que sintieran en esos momentos. Todo dispuesto para dar comienzo a la terapia. La opresión quedó marginada en una esquina. Quieta, inmóvil, como observando. La persona que representaba a Mateu se acercaba cada vez más a la figura que encarnaba los sueños. La realidad fluctuaba por el medio de la sala sin acercarse a él. La mujer representada por Emma quedaba al otro extremo y movía los brazos hacia la figura de él. Los sueños se abrazaban a Mateu y no se separaban de su espacio vital. La realidad seguía moviéndose por el centro, e iba del espacio que ocupaba Emma hasta el centro de manera incesante. La opresión se sentó en el suelo y siguió viendo la escena. En una esquina quedaba él y los sueños abrazándolo. La realidad en el otro extremo cerca de Emma. Todo parecía estancado. En ese preciso momento Carmen introdujo un elemento más, la muerte. Ésta ocupó un extremo, se acercó a ambos, y llevó a cabo el mismo movimiento que la opresión, se sentó y observó. Un poco atónita, Carmen, quiso llegar más lejos y desbloquear la situación al verla inmovilizada. Introdujo a otra persona que representa al Mateu real, consciente. En esos momentos todo cambió. Esta figura se situó en el centro de ambos, Emma y el Mateu inicial, e intentaba mediar entre la realidad y los sueños o el inconsciente. Todos los elementos de la constelación empezaron a moverse, incluso la muerte y la opresión. Todo fluía como en un perfecto equilibrio terrenal en torno a la energía que se desplegaba en aquel escenario. Igual que en la escena de la violinista del puente. En una esquina, Mateu, observaba, sin pronunciar palabra, lo que estaba sucediendo. Incluso Carmen, preocupada, dio por finalizada la terapia y habló a solas con él.

- ¿Qué te ha parecido lo que has visto? –Comentó Carmen-

- ¡No lo sé! ¡He quedado aturdido después de la terapia!

- ¡Mateu! ¡Estás desconectado de la realidad! -Le explicó Carmen con preocupación-

- ¿Y cómo es eso? -Le respondió-

- ¿No lo sé? ¡Nunca había visto nada igual!

- ¡Debes despertar!

- ¡Despierta Mateu!

Capítulo 17

Despertar en un mundo nuevo, distinto a todos los demás conocidos. Visualizar una tenue mirada sin las protuberancias de la amargura en la cara. Sentir ese sentimiento de cante en el "tablao". Esa graciosa concatenación de movimientos coordinados mientras un ligero taconeo enmudece a la sala. Una graciosa sonrisa dibujada en los labios de un rostro que lucha por expresar sus sentimientos a la persona que tiene delante de ella. Un cuerpo estilizado de mujer que enseña sus encantos ante la atónita mirada de alguien que quiere y no puede. Un palmeo de manos que anuncian el inicio del lamento.

Un "quejío" suena en el aire y tras él una expresión de sentimiento cantado y expresado, por otro lado, en baile. La guitarra suena y el llanto aguarda a ser entonado. Son tiempos difíciles en los que aguarda un cambio que no espera mucho a llegar. Decirse al oído aquello de:

- Luchar por lo que quieres, valorar lo que poseas, conservar lo que se tenga, olvidar lo que nos duela y disfrutar con los que nos quieran.

Un mundo nuevo se iba haciendo notar por las calles del planeta. Lo gobernaba el dios dinero que lo regía todo sin contemplación ni amparo. Le seguía, como alumno aventajado, el poder y, tras él, la corrupción. El fin de una nueva era estaba llegando a su fin. Había guerras, terremotos, desencantos, hambrunas, guerras y muertes. El principio de los dolores comenzaba. La salvación era absurda, nadie se quedaría. No había dioses, ni diablos. Solo abominación humana. Los miserables se agruparan en torno a otros más mezquinos y la dignidad se perderá por un simple puñado de comida. Siete serán y son los pecados capitales por los que emanarán muchos otros que harán perder el rumbo y el sentido de la humanidad.

La soberbia arrojará de nuevo al pozo del abismo al hombre y a la mujer. La envidia que hará desear lo que el otro tiene y/o puede poseer. La avaricia que apetecerá más de lo que uno puede abarcar de manera desordenada y sin propósito. La lujuria como acción mortal seguida de la ira contraria a la caridad. La pereza por dejar de lado las obligaciones y la pertinaz atención a las cosas. La gula por ser contraria a la abstinencia, a la no satisfacción, y compañera de la envidia y avaricia. Todos estos pecados se verán inducidos por la embriaguez a la que llevaran a la sociedad actual a convertirse en simples mortales. En el nombre del padre, del hijo y del espíritu santo...

De nuevo algo eléctrico daba un golpe seco en su pecho y lo hacía desencajar del lugar donde se encontraba. Una respiración profunda y vuelta a estar sumergido en las profundidades de su infierno.

- ¿No sé cómo llegué hasta aquí?

- ¡No puedo respirar!

- ¡Me ahogo! -Decía medio adormecido-

Capítulo 18

Puede ser de noche o incluso en una mañana soleada. El miedo acecha en las esquinas más recónditas de nuestro interior. Es una sensación que nos hace paralizarnos o huir. Lo último le ocurría al pobre Mateu, se veía corriendo por intrincadas y estrechas callejuelas del casco antiguo. Transitaba y no paraba. Miraba atrás, y no sabía decir si alguien lo perseguía o simplemente era por el pánico que lo invadía. La aprensión se le había colado hasta el mismo interior de sus huesos.

- ¡Aaaaah, aaaah! -Jadeaba sin cesar-

- ¡No puedo dejar de correr!

- ¡Me invade el terror, el miedo!

Corría sin cesar. Subió una pequeña pendiente de escalones y torció a la derecha por un estrecho paso que lo llevó a una especie de patio empedrado en el que casi cae al suelo. En medio una valla que protegía a un Cristo al que flanqueaban unos faroles. Tras él se escondió, miraba atrás y a todos lados. No sabía por dónde salir. Por fin, divisó una estrecha salida y la tomó. Tan rápido iba que tropezó con una piedra y cayó al suelo. Sudoroso y atenuado se levantó como pudo. Siguió su marcha, no podía dejar de hacerlo. Entró en una plaza con más profundidad. Otro monumento le llamaba la atención. Un torrero famoso llamado Manolete lo engalanaba. Cabezas de toro a su alrededor. El pánico se apoderó de él. Ahora ponía imagen a su aprensión. Un gran morlaco se le aparecía.

- ¡Aaaaaaaahhhh! –Gritó–

- ¡Qué me está pasando!

- ¡Nadie me escucha!

- ¡Ayúdenme!

Todo cambia en un segundo y lo que parecía una escena de pánico tornaba a otra de sosiego. De estar pidiendo ayuda y no encontrarla por ningún lugar, a una sociedad en la que se valoraba lo material. Uno es apreciado por lo que tiene, no por lo que es y los valores que encierra. Por tanto:

- ¡No esperar nada de nadie!

- ¡Ya puedes gritar y pedir ayuda que nadie se acercará a auxiliarte a no ser que tengas la suficiente plata cómo para poder pagarle!

Levantándose comprobó que había multitud de estanterías a su alrededor y todas repletas de libros y con el nombre de Ernest Hemingway. Se cumplían los 50 años de la muerte de este escritor norteamericano. Un hombre viajero, deportista, músico, amante de los toros, del mar, de la escritura... Osado frente a la muerte, a la que se adelantó con un suicidio por disparo de escopeta en julio de 1961.

- ¿Fue un triunfo frente a la muerte? –Pensaba-

- ¿Tal vez fue el fracaso a una realidad, la del Alzheimer y la depresión, que no le apetecía mucho vivir?

La forma de escribir de este novelista americano, al que le gustaba incidir con frases directas, cortas y duras, le sugería a Mateu una reflexión con la que él siempre se guiaba a la hora de redactar sus artículos:

- ¡Para escribir lo importante es abordar un tema conocido en profundidad y abandonar todo lo demás!

Siempre le apasionó la vida de algunos escritores como la del norteamericano. Conocer algo más de lo que se había escrito de ellos. De él sabía que sus flirteos con el mundo de la tragedia lo dejó reflejado en su novela -muerte en la tarde- (1932) o la de unos años antes (1929) -Adiós a las armas- en la que de una forma autobiográfica relataba sus vivencias en el frente bélico. Era un hombre marcado por sus propios acontecimientos y envuelto en la gran aventura que supuso su vida. Todo esto le hizo vivir con rapidez y escribir tan deprisa que se llegó a comentar que escribía incluso de pie.

- ¡Algo de su esencia se refleja en mi forma de hacer las cosas!

- ¡Vivir con rapidez y ser un aventurero! ¡Un erudito en mi tiempo! –Murmuraba-

En un momento dado, su voz interior le hizo llegar a plantearse que todo en la vida se repite en condiciones parecidas y adaptadas a los contextos en los que a uno le toca vivir. Otro de esos eruditos de la escritura, para Mateu, era Antonio Gala. Un osado y valiente al escribir sin tapujos del amor, la aventura y otras realidades. Inmiscuirse en –jardines- por los que pasear y trazar líneas escritas que contaran historias asombrosas y cotidianas con las que pudiera identificarse el lector. Consolidando, como Hemingway, su contacto con la siempre estéril muerte, a la que le declaró la guerra en el campo de batalla de su propio ser. Su enfermedad era otra distinta a la del escritor americano, pero en la que se disponía a caminar de forma incomoda hacia el final de sus días, más rápida o lenta, según fuera el proceso y a la que trataría de defraudar una vez más, aunque tal vez fuese la última.

- ¡Culto y refinado! ¡Y nada pesimista, sino un optimista bien informado como Antonio Gala solía definirse! - Afirmaba Mateu-

La información fluía de manera abismal en estos tiempos y relegaba, en cierto modo, a la imaginación y a la creatividad a un segundo plano. Todo se nos trataba de imponer como forma práctica de no incomodar a nuestras neuronas para que pensaran. Desterrábamos los sueños y esas formas mentales de mentirnos a nosotros mismos. Pasábamos a tener simples cavilaciones nocturnas o epítetos de grandezas que por mucho que fueran perseguidos, ya habría alguien que vendría y nos los tumbaría como castillos de arena. La muerte, esa extraña compañera de viaje que como decían:

AL OTRO LADO DE LA REALIDAD

- *¡Nos da una vida de ventaja a sabiendas que saldrá ganadora!*

Pero algunos, a consecuencia de otros, cortan de raíz ese sufrimiento en unos segundos. Cuando terminas o te terminan de despojar del último elemento de anclaje a este mundo, la esperanza, es entonces, en ese momento, cuando todo puede suceder por la mente de una persona. En estos tiempos arduos en los que incluso los artículos de la carta magna no servían de mucho cuando garantizaban, en el cuarenta y siete, aquello de que:

- *"Todos los españoles tienen derecho a disfrutar de una vivienda digna y adecuada. Que serían los poderes públicos quienes promoverían las condiciones necesarias y establecerían las normas pertinentes para hacer efectivo dicho derecho, regulando la utilización del suelo de acuerdo con el interés general para impedir la especulación..."*

Eso mismo debió pensar Antonio, un chico de treinta y seis años, que falleció tras arrojarse al vacío cuando fue embargado y pretendían desahuciarlo de su casa. Se había suicidado por la mañana, en la capital cordobesa, arrojándose al vacío desde una cuarta planta. La víctima, recibió una carta en la que Hacienda le reclamaba una deuda. El joven casado y con dos hijos pequeños mantenía una deuda de unos 25.000 euros. Se encontraba a punto de que lo echaran de su vivienda. El dilema era donde ir y sobre todo que vida dar a su mujer e hijos. La situación de tensión personal y emocional era tan fuerte desde hacía meses que el final fue tan dramático como para decidir quitarse la vida.

- ¡No se puede condenar a nadie a la exclusión social y a la miseria!

- ¡No podemos quitar ese derecho constitucional a los que caen! –Rezaba en un manifiesto repartido, ese día, por una plataforma de afectados-

El joven, apelaba a diario a ese tan traído artículo cuarenta y siete de la constitución. No se resignaba a perder aquello que tanto le costó conseguir, su casa. Algún que otro encierro y protesta junto a la plataforma "Stop desahucios" le habían hecho albergar esperanzas.

- ¡No tienen derecho a quitarme aquello por lo que luché toda mi vida!

- ¡No hay justicia!

- ¡Yo quiero pagar! ¡Pero necesito un trabajo!

De un tiempo a esta parte se encontraba mejor desde que la plataforma le ayudara y le proporcionase asesoramiento incluso para poder cobrar una ayuda (RAE) de unos 426 euros para hacer frente al pago mensual de la letra. Pero lo inevitable sucedió y la injusticia se cebó de nuevo sobre el más débil. Una orden judicial, la policía, las barreras de vecinos, amigos y plataforma. Pero el desahucio siguió su proceso y terminó en la calle con su mujer y dos hijos de cuatro y ocho años.

- ¿A dónde ir?

- ¿Qué hacer?

- ¡Tener capacidad de trabajo y no poder hacerlo por falta de ofertas!

Consiguió que la dación en pago se efectuara y no debiera nada más al banco, pero la sorpresa vino cuando recibió una carta de hacienda reclamándole una deuda de unos veinticinco mil euros por el coste de los trámites tras firmar con el banco dicha dación.

- ¡Hace dos días estuve con él abrazándolo y lo vi sonreír después de todo lo que había pasado! -Decía un conocido por televisión-

- ¡Ahora estaba bien, integrado en el grupo y colaborando con la plataforma pero esto lo ha desestabilizado! -Apuntaba otro-

Era el segundo suicidio que se producía por desahucio en Córdoba. Muchos más se repartían por todo el territorio nacional. En otros lugares del planeta venían produciéndose situaciones anodinas como la del anciano de noventa años al que detuvieron en estados unidos por dar de comer a personas sin hogar en un parque. Aunque parecía broma, una ley estadounidense prohibía algo tan básico como era ayudar al prójimo en lugares públicos. Se enfrentaría a sesenta días de cárcel y a pagar una multa de quinientos dólares. El peligroso anciano desafió a la ley y entregó comida a esas personas en un acto de solidaridad.

- ¿Dónde está la justicia? -Se preguntaba Mateu-

Capítulo 19

El teléfono se iluminaba en la oscuridad de la habitación, y al momento comenzó a sonar un politono musical del genial cantautor catalán Manuel Serrat.

- ¡Hoy puede ser un gran día, plantéatelo así...! -Resonaba la melodía en todo el cuarto, que se mezcla con los sueños de última hora de la mañana y envolvía ese dulce o amargo despertar que todos sentimos al levantarnos.

Un deslizar de dedo sobre la pantalla del móvil hacía detener, automáticamente, la melodía.

Girándose hacia su izquierda, con algún que otro gimoteo producido por ese sueño profundo al que había estado expuesto, intentaba alcanzar el móvil que tenía sobre la mesita de noche. Una vez apagado, Matéu, volvía a cerrar los ojos hasta que en un lapsus los reabrió de nuevo evidenciando que había pasado una hora desde que lo silenció.

- ¡Si solo ha sido un cerrar y abrir de ojos!

- ¿Cómo puede haber pasado tanto tiempo? -Pensaba tumbado en la cama-

Y es que todo pasa tan rápido que la percepción que tenemos de la realidad nos hace comprobar que los acontecimientos son efímeros como un chasquido de dedos. Cuando uno menos se lo espera, su tiempo ha terminado. Después de asearse y mientras desayunaba contemplaba como en televisión anunciaban un acontecimiento crucial para el desarrollo del país. El rey anunciaba su abdicación al trono.

- ¡Joder...!

- ¡Menudo notición!

- ¡Estará la redacción que echa humo!

- ¡Cómo me gustaría estar cubriendo esta noticia!

La publicación era de esperar, un monarca con 76 años de edad y con graves problemas de salud. A parte, los acontecimientos que se habían producido en las últimas elecciones europeas en las que la hegemonía del bipartidismo había quedado lapidada, así como lo de su yerno Urdangarín y su hija, habrían sido suficientes motivos para aventurarse a decir:

- ¡Hasta aquí llegué...!

- ¿Y ahora qué...?

- ¿Qué ocurrirá? -Se preguntaba-

El hastío de la gente hacia la política y hacia la corona no era muy abrumador. La cuestión pasaba por saber que harían todas esas miles de personas que exigían un cambio de rumbo. Los republicanos veían su hora.

- ¡La tercera estaba llegando! -Afirmaban algunos-

Desde las filas de los grandes partidos se hablaba de continuidad. El rey Felipe VI sustituía a su padre. Para ello se había puesto en marcha toda la maquinaria para que, en tiempo record, se concretara la situación mediante una ley orgánica. En un pestañeo habían pasado cerca de treinta y nueve años desde que Juan Carlos I tomó posesión.

- ¿Cómo pasa el tiempo?

- Los acontecimientos se suceden de manera tan rápida que no da tiempo a asimilarlos. –Se dijo Mateu-

Recordó, en ese momento, aquellas palabras de un ministro de la etapa de Felipe González cuando dijo que:

- *"No somos realmente libres. Nos limitamos a ser empujados por el tiempo"*-

Y en definitiva, es ese espacio el que nos domina. El que nos estimula, espolonea e incita a arrastrarnos con inercia hacia los acontecimientos que nos suceden de forma interminable.

Era un día de alegría para algunos, de emociones guardadas que afloraban ahora como flores en primavera. Muchos republicanos estaban convocados a salir a las calles y exigir un referéndum para poder decidir el modelo de estado que nos representaría en este cambio de época. Esto se traducía en disparidad de criterios, a favor y en contra, por parte de los españoles. La piel de toro en la que vivían y la historia pasada hacía que todas las decisiones que se tomaban eran muy debatidas por todo el conjunto de pequeños reinos de taifas que era lo que seguía siendo esta península ibérica desde el Califato. Pasaban del cielo al infierno, sin pasar por el purgatorio. Los habitantes de esta magnífica tierra eran capaces de sublevarse ante las injusticias o de desangrarse ante cualquier menudencia. Seguían enviando flotas a luchar contra los elementos, como en otras épocas pasadas. Estaban hechos de esa pasta y no nos cambiaba ni la -madre que los parió- como también dijera alguna vez otro polémico político.

El rey abdicaba y la selección española de fútbol, la que iba a conseguir una segunda estrella como campeones del mundo, sucumbía en la primera fase del campeonato. La decepción consumía a los españoles en el mismo día en que iban a seguir siendo súbditos de un nuevo monarca. Parecía la edad media en pleno siglo XXI. Y la pregunta que se hacía Mateu era:

- ¿Ha cambiado mucho ese estatus desde el medievo? O ¿Sólo ha sido una ligera capa de pintura para seguir estando igual pero en otro contexto?

Éramos animales evolucionados hace miles de años y seguíamos siendo, para algunos filósofos, unos simples miserables e inmundo gusanos que continuábamos en plena evolución. Estábamos condenados a seguir siendo lobos para nosotros mismos, algo así como apolíneo vs dionisiaco. Pero la verdadera e ideal representación del ser humano era sin duda esa figura que Nietzsche alumbro y denominó superhombre. Una representación que integraba y condensaba el cambio de valores que eran necesarios en una nueva sociedad en la que las masas venían a ser simples rebaños que se aferraban a las tradiciones y al miedo al cambio. Manadas que no escapaban hacia su libertad por el convencimiento de que serían agasajadas con el maná prometido, de un mundo futuro, por todas las religiones. Ese ideal o Superhéroe sería nacido para crear y desde luego para ser odiado, envidiado y ¿por qué no? eliminado.

Atento al televisor seguía la renuncia al trono y comprobaba la soledad del que dejaba algo. La tristeza que se refleja en el rostro del rey sin trono. La misma que sintió Matéu al ser despedido. Todo eran buenas caras y muchos golpes de espalda, pero al final se encontraba solo.

- ¡Dejas de tener influencia y no pintas nada!

- ¡Eres como el anciano del puente que buscaba romper su soledad con minutos de comunicación!

- ¡Triste, pero real! –Se decía ironizando-

Lo que estaba ocurriendo tenía un gran calado social y un periodista, como Mateu, con un gran olfato para la noticia, lo sabía. Se puso a investigar en las redes sociales para comprobar cuál era el grado de sublevación, como él decía, de la gente. Tras un rato leyendo comentarios vio que para la tarde había convocada una manifestación popular en el bulevar de Gran Capitán a eso de las siete.

- ¡Tengo que estar presente!

- ¡Será una prueba de fuego para validar esa indignación! –Se decía-

Quería conocer, de primera mano, la historia de alguna de las personas que asistirían y que de seguro se encontrarían con ganas y ansias por la conquista del triunfo de las libertades en este país. Se arregló, se puso un poco de colonia y salió a la calle. Manteniendo un paso firme llegó unos momentos antes de la hora de inicio de la manifestación. Había gente congregada ya, pero no tanta como creía. A medida que se iba acercando el momento entraban más personas por las vías aledañas hacia al bulevar. Cerca de unas doscientas personas se situaban en torno a un escenario colocado a propósito y en el que alguien iba a tomar la palabra.

- ¡Buenas tardes a todos y a todas! -Se decía desde la megafonía-

- ¡Hoy nos hemos congregado en este lugar por un motivo especial! -Mientras la masa aplaudía y chillaba-

- ¡La abdicación del rey es el punto de inflexión para solicitar que modelo de estado queremos!

- ¡Un estado en el que seamos súbditos o en el que podamos decidir quién está al frente de nuestro país mediante sufragio universal!

Dicho esto la multitud allí reunida comenzó a gritar por la instauración de la república. Muchas de las personas eran ya mayores y las que más se emocionaban. Un estado contemplativo inundaba a Mateu, que de manera imparcial y observadora seguía los hechos para poder dar una crónica real de lo que sucedía. Le resultaba paradójico como para algunas cosas la movilización era atroz y para otras que significaban un cambio de vida era menor. Todo esto le hacía recordar a todas aquellas personas que llenaron las Tendillas y las calles aledañas cuando el Córdoba consiguió subir a primera división, tras muchos años de intentos fallidos.

- ¿Por qué no se moviliza la gente de la misma manera para otras cosas? –Pensó-

- Cómo el derecho a la sanidad

- El derecho a la educación

- Por el derecho a una justicia sin tasas

- Por qué no haya más corrupción

- ¡No entiendo a esta sociedad! -Terminó diciendo-

Tras una hora de concentración, arengas y manifiestos todo terminó. La declaración de intenciones en plena calle se disolvió pacíficamente y todo volvió a la normalidad.

Capítulo 20

El sol se ponía a lo lejos mientras que en el cielo se sucedía una maravillosa y asombrosa puesta de sol con una gran diversidad de colores. Los tonos amarillos, anaranjados y rojos se mezclaban en el horizonte para dar por terminado un día más de verano. Ese despliegue inmenso que hacía el astro rey en el horizonte era el mismo que venía realizando en todos los rincones del planeta desde hacía millones de años. Se comentaba que en algunas zonas, estos hechos, son extraordinarios y dignos de ser vistos por las pupilas de nuestros ojos. En la antigüedad su ocaso suponía un miedo atroz a lo desconocido, a esas inseguridades que suponía no ver por dónde podía venir el peligro y no saber que ocurriría en cualquier momento. Los rituales que se celebraban por las mañanas, en los grupos culturales, daban gracias a los dioses o al universo por volverles a conceder su presencia.

El calor sofocante que significa vivir y pasar el verano en Córdoba lo hacía aun más peculiar. A veces, al llegar la noche el bochorno se dejaba percibir sin que los termómetros bajaran de los 30 grados, lo que significaba que conciliar el sueño era misión imposible sin el aire acondicionado.   En otros lugares del planeta ocurría lo mismo pero en distintas circunstancias. El sol despertaba y se aupaba poquito a poco, al fondo, en la línea que marcaba el horizonte. Una trazo que curiosamente, para los Vikingos, suponía el final del mundo. El despertar solar daba un color especial al agua salada del mar que, serena, se contenía mesurablemente en su lugar. Sólo el agradable sonido que provocaban las olas al romperse en la playa se hacía notar. Todo era calma y paz, demasiado para una tierra tan castigada por el horror. A lo lejos, un grupo de niños se acercaban sorteando las barcas de pescadores. Como todas las mañanas se disponían a dar la bienvenida al astro naciente que se dibujaba frente a ellos y que les posibilitaba disfrutar de su infancia. Los juegos, los gritos y las risas se sucedían sin parar. Últimamente, pocos eran los pescadores que se atrevían a sacar sus embarcaciones para ir a faenar. Eran tiempos difíciles y peligrosos para dichos menesteres.

Allí como aquí el sol era de justicia. Pero siendo los mismos tiempos de vida las circunstancias eran diferentes. La población civil sabía lo que era la incertidumbre al llegar la noche y no saber por donde podía venir el peligro. Normalmente era desde arriba, por las bombas indiscriminadas que caían sin cesar. Daban gracias al ver salir la luz del sol todos los días. Era indistinto donde se refugiaran, un hospital, un colegio... todo era objetivo militar. Todo saltaba por los aires con sus inquilinos dentro. Sus condiciones eran míseras, no por ellos, sino por las que le imponían otros.

- ¡Esta podría ser una de esas tantas historias que no tienen importancia! –Escuchaba Mateu, sin saber de dónde provenía el relato, pero que por su localización geográfica, la franja de Gaza, y los acontecimientos que en ella se venían repitiendo a lo largo de décadas la hacían relevante. Era necesaria que fuera contada.

- ¡La escena fue dantesca! –Oía Mateu–

- ¡Nos encontrábamos cerca de esa playa! ¡Algunos corresponsales se alojaban en un hotel cercano!

- ¡Me relajaba tomando el desayuno de la mañana y me fije en el grupo de chicos que jugaban en la playa al fútbol, cuando de repente un estruendo nos puso en alerta a todos los que estábamos allí!

- ¿Un estruendo? –Dijo Mateu–

- ¡Sí! Una explosión cercana.

- ¡Vaya!

- ¡Nos pusimos en alerta!

- ¡Al levantar mi cabeza vi como ese grupo de jóvenes corrían entre las embarcaciones hacia una caseta!

- ¡La confusión era grande!

- ¡Te entiendo!

- ¡Nos pusimos nuestros cascos y chalecos antibalas, cogimos nuestro material de trabajo y salimos a comprobar lo sucedido!

- ¡Lo siguiente que recuerdo es una nueva explosión y un acto reflejo de tirarme al suelo!

- ¡Al levantarme vi como el grupo de chicos habían sido alcanzados por la detonación!

- ¡Y a ti, te alcanzó la explosión!

- ¡No!

- ¡Yo me encontraba bien!

- ¡Compañeros franceses y personas de la zona acudieron velozmente a socorrer a los chicos!

- ¡La imagen era horrenda!

- ¡Los cuerpos reventados de unos niños se esparcían entre la arena de la playa!

Al igual que ratones que no ven al águila, que los observa desde arriba, fueron cazados. Los cuerpos mutilados de los chicos que hacía unos segundos corrían inocentes por la playa yacían tirados en la arena cálida de la playa de Gaza. Una andanada del ejército israelí hacía saltar la vida y las ilusiones de un grupo de criaturas que solo habían cometido el delito de ser niños en su tierra. Mientras, el sol se erigía como testigo del acontecimiento. Sin duda era una de esas historias que gustan contar a la audiencia para despertar emociones morbosas.

- Pero en realidad ¿Quien se movilizaría ahora en las plazas y en las calles contra dicha injusticia y barbarie?

- ¿El sol? ¡Presente en el momento del crimen! -Sonreía sin consuelo Mateu-

- ¡Quien! -Se repetía-

- ¿A alguien le interesa esto?

- ¡Asco de vida!

Atónito, contemplaba las escenas una y otra vez en los canales de televisión. Su cabeza no dejaba de repetir de forma lenta la secuencia y las palabras que había escuchado. Aun así, sacó fuerzas de flaqueza para escribir un artículo al respecto. Esta era una de esas historias relevantes que debieran ser publicadas.

- ¡Quedará en las hemerotecas de la historia como algo colateral! -Se decía-

- ¡Una escena más de tantas que quedarán olvidadas por la gente, que las observará por unos momentos y luego seguirá con sus menesteres diarios!

- ¡Es como las historias de los videojuegos con los que se divierten los jóvenes hoy en día!

- ¡Ufffff! -Se angustiaba-

- ¡Tan poco valor tienen las personas! –Murmuró-

En Gaza lo mirarán con la incertidumbre y el miedo del despropósito mundial ante un genocidio del cual nadie hace nada. Allí no juega ningún famoso deportista, ni hay ningún concierto que enloquezca a las masas y por supuesto tampoco hay petróleo. Los únicos que se desquiciaran, ahora y en el futuro, serán las personas, niños y niñas que soportarán el trauma de ver el caos, nuevamente, presente en su cruda realidad.

- ¡Y cómo esto sucede tan lejos de nosotros, nos creemos que nunca nos va a pasar! -Escribía Matéu-

- ¡Nuestro mundo comienza su ocaso en el mismo momento en el que guardamos un compasivo silencio y no levantamos nuestra voz sobre los crímenes sobre la humanidad que se cometen diariamente ante nuestros ojos!

- ¿Cuál será nuestra condena...? ¡La esclavitud sin duda! - Se repetía en voz alta-

- ¿Qué diremos cuando nos toque a nosotros?

Al caer la tarde en Gaza el sol se ponía, nuevamente, a lo lejos mientras que en el cielo se sucedía una maravillosa y asombrosa puesta de sol con una gran diversidad de colores.

Capítulo 21

Al principio fue el caos y siempre sería lo mismo. Pero frente a una evidencia, como esta, se necesita tener presente un rumbo que de sentido a todo esto, ante tanto desconcierto. Por tanto:

- ¡Ante la llegada del verano la mejor opción era irse de vacaciones!

- ¡Y qué mejor elección que un lugar costero y con puerto para disfrutar de los alimentos del mar! -Pensó Matéu-

El lugar elegido fue Torre del Mar, un pueblo de la provincia de Málaga donde había veraneado en su infancia y que tan buenos recuerdos le traía a su mente. Además, era pequeño, tranquilo y se comía un buen pescado. El apartamento que había alquilado para pasar unos días era estupendo, completamente nuevo, de unos 70 metros cuadrados, en primera línea de playa y totalmente equipado.

Huir y refugiarse en lugares que proporcionaran seguridad era la mejor opción ante situaciones o contextos de gran incertidumbre como los que estaban sucediendo en España y el mundo. Nos encontrábamos en un estado en decadencia y corrupción que llevaban a plantearse un estadio de revolución y cambio. Los casos de descomposición en los que se encontraban inmersos algunos partidos políticos en Cataluña y la nación, sin citar otros, hacían prever un estallido social. La población estaba siendo castigada de manera atroz. La escena era parecida a la que dijo Roseau en su momento:

- *"La igualdad de la riqueza debe consistir en que ningún ciudadano sea tan opulento que pueda comprar a otro, ni ninguno tan pobre que se vea necesitado de venderse"*

- ¡No es momento de atormentarse! -Se dijo-

Cualquier día o momento es el idóneo para que ocurra algo mágico en nuestras vidas. De hecho hacemos magia, siempre, al conectarnos a lo que conocemos como nuevas tecnologías. Un sueño de algunos que pensaron que comunicarse podía ser algo posible en cualquier lugar, a cualquier hora y con cualquier persona. En una porción pequeña de tiempo nos encontramos en contacto con un sin fin de empresas, personas, instituciones, o sea, con todo el mundo. Todo al alcance de un clic.

Desde que terminó su malograda relación de amor con su amiga Emma, no había mantenido ninguna con otra mujer. Los canales de comunicación por los que establecía información y amistad eran los habituales: Facebook, correo electrónico, móvil y los chat. En este último conoció a una chica mucho más joven que él que se encontraba pasando unos días de vacaciones en la costa. Ese mismo día, en que la conoció, decidieron quedar. El verano es lo que tiene, pasa rápido y las aventuras son fulminantes y espontáneas. Cuando hablaron por teléfono, sintió esa exquisita sensación de éxtasis que provoca escuchar el acento francés en una mujer. Quedaron en verse esa misma noche en la terraza de la cafetería Brasil, situada en el paseo marítimo. Una sensación de miedo, ansiedad e ilusión recorría el cuerpo de Matéu, pues no sabía exactamente el estereotipo de francesa con la que se encontraría. Además, todo había sido muy rápido. Llegó al local donde habían quedado, estuvo mirando y no vio a nadie que se pareciera a la chica de la foto que tenía en su móvil. Al final y cuando estaba a punto de irse alguien desde lejos lo llamaba con el brazo en alto:

- ¡Bonjour! ¡Hooola! ¿Matéu? ¿Qué tal? Je suis Valerie.

- ¡Hola! -Respondió, él, atónito-

La chica era preciosa, rubia y con un vestido ceñido que marcaba todas sus curvas e invitaba a mirar sus encantos carnales. Le recordaba tanto a Emma. Se sentaron y pidieron algo para beber al camarero que limpiándoles la mesa les daba la bienvenida al local.

- ¡Buenas noches! ¿Que van a tomar los señores?

- ¿Qué vas a beber? -Preguntó Matéu a Valerie-

- ¡Yo tomaré un gin tonic!

- ¡Y yo tomaré lo mismo! –Le dijo al camarero-

Tras un rato de conversación y varias bebidas alcohólicas en sus cuerpos abandonaron el establecimiento.

Ya era de noche y la luz del faro del puerto abría su gran ojo para iluminar, en la inmensidad de la oscura noche, a todos los transeúntes invidentes que se adentraban en las oscuras aguas del mar. Su potente iluminaria se proyectaba recta y hacia el horizonte. Todos los barcos buscaban su posición para que les sirviera de guía hacia el puerto. Era necesario tenerla y además confiar en que no fuera un engaño. Eso mismo parecía decirse Mateu a sí mismo mientras caminaba, por el paseo marítimo, junto a Valerie.

- ¿No será todo esto un burdo engaño?

- ¿Está pasando esto de verdad? -Se decía sin creérselo aún-

Era de la condición de que el mayor trolero podía ser uno mismo al confiar en todo el mundo, o como decía algún erudito, de las ciencias y los escritos:

- No había mayor enemigo de uno mismo que aquel que era amigo de todos.

Por tanto, se encontraba un poco confundido con toda la secuencia de acontecimientos que se iban sucediendo en aquel encuentro.

- ¿Y qué es lo que te trae por aquí? –Le preguntó Mateu-

- ¡Pues el verano y las ganas de conocer a chicos españoles como tú!

- ¡Interesante! ¿A caso no los hay en Francia? -Le respondió-

- ¡Posiblemente, pero no tan guapos y tan simpáticos como aquí!

Tras este intercambio de preguntas, ella se le acercó y se agarró a su cintura. Para Mateu fue una invitación a corresponderla e hizo lo propio. El acercamiento a su espacio vital era más que evidente y Matéu se había dado cuenta. En un momento dado, ella, le pidió pasear por la orilla del mar. Se quitaron los zapatos y se adentraron en la semioscuridad y tranquilidad que da la playa a esas horas de la noche. La complicidad de ella fue tal que le agarró del brazo cuando una ola se aproximaba a la orilla y podía mojarlos. Fue entonces cuando ya no se apartó físicamente de él y los acontecimientos se aceleraron por momentos. Él, gustoso, accedía a ese tipo de flirteos y roces hasta que se pararon y se encontraron frente a frente. Era evidente que Valerie no quería perder el tiempo y Matéu pensó lo mismo. Se abrazaron y se besaron hasta que ella le propuso acudir a su apartamento para seguir el encuentro. Él accedió. Cogidos de la mano se despedían de aquel lugar. Anduvieron un rato y al final terminaron frente a un hotel.

- ¡Le voila!

- ¿Cómo? -Preguntó Mateu-

- ¡Hemos llegado!

- ¿A dónde?

- ¡A mi hotel!

- ¡Te invito a subir y a pasar una noche romántica!

- ¡Acepto! -Dijo él sin más esperas-

Entraron al hotel y se dirigieron a recepción. Ella solicitó la llave de su habitación y tomaron el ascensor hasta la cuarta planta. Salieron y recorrieron el pasillo alfombrado hasta la puerta del dormitorio. Tardaron poco en llegar. Las ganas por hacer locuras eran mutuas. Ella, introdujo hasta el fondo, rauda y veloz, la llave en la rendija de la cerradura de la puerta de la habitación. La entrada fue impulsiva por parte de los dos. Una vez dentro se pusieron cómodos y en un gesto de informalidad Valerie fue tomando la iniciativa en el encuentro. Había un deseo sexual que impregnaba el ambiente. Él, deseaba dominar la situación imponiéndose por la fuerza sexual del momento. La pegó hacia su cuerpo de forma tosca y brusca. En ese escenario, ella, supo controlar el momento. Tomó la iniciativa y persuasivamente se separó. Le agarró su mano izquierda y se llevó su dedo índice al interior de su boca para chuparlo, con sus sabrosos y carnosos labios, mientras no dejaba de mirarlo a los ojos con una cara de complicidad y deseo. Después, se apartó y comenzó a insinuarse mientras se contoneaba en dirección a la mesa del salón.

- ¡Espera! -Dijo ella- ¡despacio! no tengas tanta prisa.

- ¿Cómo quieres que espere? ¡Si me pones loco perdido con ese cuerpo que tienes!

- ¡Déjame que me quite los pendientes y el collar, tonto!

Se acercó a la mesa y apoyó sus manos sobre el tablero, dejando delante de él su trasero que se contorneaba con ganas de que fuera apretado y empujado. Su corta falda dejaba entrever sus glúteos, separados por un minúsculo pedazo de tela negra con ribetes bordados de su tanga, que aceleraba aún más la lívido viéndola en esa postura. Inmediatamente pego su pene sobre ella y comenzó a sobarle los pechos con un movimiento pélvico que les hacía gemir de placer a los dos. Sus dedos acariciaban sus pezones de abajo arriba poniéndolos duros como piedras. En un momento dado, ella volvió a controlar las circunstancias y se incorporó girándose de frente a él. Lo besó lascivamente una y otra vez en sus labios. Su mano bajo hacia su pene y lo acarició rítmica y continuadamente, apretándolo fuertemente. Seguidamente, fue bajando hasta quedar de rodillas mirándolo a los ojos. La masturbación duró unos instantes para dar paso a una felación en la que el glande era chupado de forma armoniosa e introducido en su boca para ser lamido por la lengua. Los gemidos de placer de Matéu eran elocuentes ante esa situación. Cuando estaban en un punto álgido, paró, y acariciando sus testículos volvió a subir hasta colocarse, de nuevo, a su altura. Era ella, ahora, la que demandaba sus atenciones.

- ¡Bésame tú a mí ahora! –Le demandaba, Valerie, con voz susurrante.

- ¿Cómo quieres que te lo haga? -Dijo Matéu mientras le comía el lóbulo de su oreja.

- ¡Acaríciame los senos, por favor!

Obediente acató la orden y su boca comenzó a absorber y succionar sus pechos. La lengua la movía con brío alrededor de su aureola para luego pasar a darle de manera rítmica, arriba y abajo, al pezón. Pasados unos instantes la giró, se bajo los pantalones y con un simple movimiento de sus manos le desplazó el tanga hacia un lado y la penetró. Durante un rato corto estuvieron copulando al lado de la mesa. Tras unos segundos, para terminar de desnudarse y recuperarse, se fueron al dormitorio. La temperatura iba subiendo por momentos. En la habitación, ella, volvió a tomar la delantera sacando un juguete sexual de su bolso. El quedó sorprendido, nunca había experimentado nada de eso.

- ¿Te veo sorprendido? –Comentó ella con cierta preocupación-

- ¡No, nooo! -Titubeó él-

La verdad es que nunca había usado nada de eso, pero se encontraba receptivo a nuevas experiencias.

- ¡Estupendo!

- ¡Pero explícame un poco que es eso y como se usa!

- ¡Yo te lo explico cielo, pero ponte un preservativo que antes se nos ha olvidado hacerlo! –Le insistía, mientras lo besaba-

El juguete en cuestión era un consolador hinchable que se introducía por el ano para ser inflado manualmente con lo que se controlaba por bombeo el grosor de dicho objeto y permitía dilatarlo de manera no violenta. Además, le colocó un anillo en la parte baja de su pene. Esto hacía que se mantuviera más erecto durante la penetración. La situación era peculiar para Matéu, pero no por esto se dejaba intimidar por Valerie. Ante un momento de parón, la fiebre continuó con un bote de lubricante y la penetración del consolador por el ano. A medida que comenzaba a inflarlo los gemidos iban subiendo de nivel. El placer se veía reflejado en su cara hasta que no pudo más y le pidió que fuera él quien la penetrara al mismo tiempo por su vagina. Habiéndose colocado el aro en su miembro procedió a introducirle el pene. La situación morbosa subía los grados de ambos que se entregaban gozosamente al juego que ella había impuesto y que él había aceptado. Tras esto, ella, le pidió que fuera él quien ahora la penetrara por detrás. Gustoso lo hizo y comprobó como al principio costaba un poco pero a medida que usaba el lubricante y su glande empujaba, terminaba por entrar.

Con un movimiento suave, por miedo a hacerle daño, golpeaba contra su trasero. Poco a poco les iba gustando y los gemidos de ambos eran atronadores hasta el éxtasis total en el que ambos terminaron corriéndose y disfrutando del coito. Exhaustos y tumbados sobre la cama recuperaban energías. Para Matéu la experiencia había sido toda una nueva aventura. Nunca imaginó una situación así. Valerie, sin embargo, estaba expectante ante lo que pudiera decir él. Así que, recogiéndose sobre si misma, se acurrucó sobre su cuerpo y lo miró a los ojos.

-   ¿Qué...? -Le preguntó-

-   ¡Bien, muy bien! ¡Una experiencia nueva, interesante y muy agradable la verdad!

-   ¡Me alegro que te haya gustado!

Tras esto se entretuvieron en disfrutar de un rato en la ducha en la que la espuma y los roces dieron para cerca de una hora más de juegos y caricias. Durmieron hasta el amanecer. Al despertarse, Mateu, giró su cabeza hacia el costado y comprobó que Valerie no se encontraba. Sólo quedaban los restos del desenfreno esparcidos por toda la habitación. Inquieto se levantó y la llamó.

-   ¡Valerie...! ¡Hola...!

No obtuvo ninguna respuesta, se había marchado. Miró la hora y evidenció que eran las doce de la mañana. Inmediatamente comprobó que no le faltara nada. Todo se encontraba bien. Valerie, había desaparecido sin más, como cuando hacemos –clic- al apagar el ordenador. Todo efímero como la vida misma. Del disfrute al recuerdo. Sin duda, fue una despedida a la francesa.

Capítulo 22

Los secos y grandes prados que se entreveían en el horizonte del Serengueti se encontraban llenos de animales que se organizaban en manada para realizar el mayor de los éxodos. Un espectáculo natural único. Era la zona sudoccidental de Kenia con Tanzania. La experiencia no dejaba indiferentes a turistas que inmortalizaban esas secuencias desde lejos y sin molestar a Ñus, cebras y otros seres salvajes que se disponían para el éxodo masivo hacia otro lugar mejor donde poder pastar y tener una vida mejor.

- ¡Es un espectáculo natural digno de ver cada verano! - Comentaban en el reportaje que estaba viendo en televisión-

Creían ser libres en su llanura, pero eran presa del destino y de las circunstancias que los empujaban hacia la búsqueda de nuevos prados verdes donde alimentarse. Iniciaban, así, la gran marcha por la esclavitud, para tener que alimentarse y ser espoleados por la vida, para buscarse algo mejor. Mientras tanto, en el camino les estarían esperando miles de pruebas que les harían ser más fuertes a los que quedaran vivos. Era la ley de la selva, solo los más fuertes sobrevivirían. Algunas crías, enfermos y viejos sucumbirían ante las circunstancias del camino. En esta sociedad animal, los líderes, eran los encargados de llevar a los demás hacia esa tierra prometida. Muchos nacerían y morirían por el camino, pero ese era el tributo a pagar por el juego esclavizante de vivir. Durante su trayecto se encontrarían con barreras y muros que deberían sortear con grandes dificultades. Ríos que cruzar en los que los cocodrilos esperarían para devorar a los más hozados, pero nada los detendría por conseguir llegar a la meta. Sin lugar a duda la libertad es algo que uno acoge y desarrolla a su manera. Cada persona entiende que es libre a su modo, aunque otras no llegan ni a comprender lo que significa esa palabra. Al contrario, consideran su esclavitud como la mejor de las maneras de ser libres. Ni siquiera pelean por hacer realidad ese mito de no ser esclavo de nada. Otros, simplemente lo son de su propia cárcel sin tener conocimiento de ello.

Las noticias se sucedían a un ritmo endiablado. Las voces en su cabeza no habían parado desde aquel día en que realizó la entrevista a Madina. Miles de situaciones y de historias que no lo dejaban indiferente ante el terremoto social que recorría todo el planeta.

- ¡El mundo esta revuelto! ¡Un tiempo nuevo está surgiendo! -Pensaba a solas frente a su ordenador-

Muchas barreras y murallas se habían puesto a lo largo de la historia por multitud de civilizaciones. Unas para defenderse, otras como protección y tantas más para separar y asesinar en nombre de ideales, símbolos o religiones que sin sentido fueron, en su momento, apoyados por muchos de esos hipócritas que respiraban y convivían como manadas de borregos esperando ser recompensados con un puñado de dinero para mantener una posición ante la cual poder mirar por lo alto del hombro al vecino. Nuevos judas. Aprendices de fariseos adinerados que pensando en sus falsos valores religiosos, creían ganarse los favores del Dios al que veneraban y al que pedían para ellos. Pobres infelices y desquiciados ignorantes que habían creado una realidad vacía de humanidad y en la que al final de los días descubrirían, cuando estuvieran a punto de morir, que todo fue una gran mentira y que su vida fue una farsa sin respuesta y sin recompensa.

El ser humano había sido y era la especie animal más pésima de todas y aun así controlaba a las demás. También a la suya propia. Sin saberlo eran dirigidos a diario hacia lo que querían unos pocos. Con este monólogo incesante de preguntas y reflexiones, Mateu, veía pasar el tiempo sin tener un proyecto de vida interesante. Todo pasaba por ser dirigidos hacia preguntas tales como:

- ¿Qué comeré hoy?

- ¿Qué me pongo para salir?

- ¡Ten cuidado con fulanito y no te relaciones con él!

Para esto último volvíamos al tiempo del que no supimos salir. La Edad Media. Nuestros miedos nos hacían levantar muros con la creencia de que nos protegerían de los demás y nos harían vivir tranquilos en nuestra tierra. La historia se volvía a repetir y la memoria era ese tupido velo que no nos dejaba ver nuestro pasado. Ese retrospectivo mundo en el que fuimos nómadas e íbamos de un lugar a otro en busca de seguridad. En toda Europa, sobre todo, se estaba produciendo otro éxodo máximo. Ahora eran otros seres, los humanos, los que se arriesgaban a cruzar los mares en pequeñas embarcaciones de juguete para terminar pereciendo en mitad de las aguas del Mare Nostrum. Cuerpos mecidos por las olas y flotando como simples objetos. Niños y adultos varados en las arenas de las playas que servían de divertimento y baño a otros de la misma especie más afortunada, los europeos. Pero los flujos migratorios no venían solo del mar, lo hacían, igualmente, por tierra.

- ¿Pero por qué vienen?

- ¿Qué les hace tomar el camino hacia Europa? –Insistía Mateu-

Las guerras, el hambre y sobre todo una vida mejor eran los motivos principales. Así lo hacía ver Mohamed, un kurdo procedente de la ciudad Siria de Derek, a los medios de comunicación.

- ¡No me quiero ir de mi tierra, pero temo por mi familia: si en algún momento alguien me da pruebas de que allí vuelve a haber trabajo, regresaremos! –Decía-

Este padre de familia de cuatro hijos, con el más pequeño de todos que aún no caminaba, venían huyendo de la ciudad de Damasco cuando la ciudad se volvió un infierno.

- ¡Era demasiado peligrosa para seguir ahí! –Insistía-

De esta manera terminaron cruzando las fronteras para terminar estableciéndose en un campo de refugiados donde se afinaban por cientos. Y ahora los europeos, comenzando por los húngaros, hacían rechinar los dientes ante el miedo de una avalancha masiva de refugiados a sus tierras.

- ¡Nos van a quitar el poco trabajo que tenemos!

- ¡Se aprovechan de nuestros recursos! -Eran las voces que se oían a diario-

Establecíamos nuevos muros para incumplir las normas europeas e internacionales sobre asilo. Todo se quedaba en tinta mojada, en hipocresía pura y barata. Nuevamente aparecían los miedos para servir de control a las masas y demostrarnos, una vez más, a nosotros mismos que actuábamos como cobardes. Tan miserables que no nos bastaba con crear tapias como las de la segunda guerra mundial, o el afinamiento de miles de judíos en campos de exterminio nazi. Ahora eran esos mismos que sufrieron en sus carnes las atrocidades más canallescas de los alemanes, los que construían un gran muro que hacía que los pocos que vivían en Cisjordania se encontraran afinados como si de un campo de exterminio se tratara. Sin poder salir, ni entrar. Además, siendo aniquilados de hambre o por la desmesura del desequilibrio de fuerzas, como ocurría en palestina. Una gran vergüenza.

- ¡Pero... aun hay más! –Repetían algunos medios de comunicación-

Para España, lo de poner vallas al campo era toda una proeza. Crearon una barrera en nuestra frontera con Marruecos para así detener lo que debería ser un derecho, la libertad de movimiento por el planeta. Esa libertad con la que se les había llenado la boca y en la que el miedo les hacía tumbar con más facilidad de la que se creían.

- ¡Seguridad nacional! –Decían-

Y por último, Europa, limitando la entrada de sirios por Hungría sin que nadie hiciera lo más mínimo por caridad humana. El temor terrorista atenazaba, de igual manera, a la gente que dada su crueldad estaban convencidos, lo mismo que los gobiernos, que estos movimientos de gentes serían coladero perfecto para los grupos extremistas islámicos que vendrían a ocasionar serios problemas de convivencia. Algo parecido como lo sucedido en Madrid en el desgraciado 20S. Obviaban lo lógico, lo que no querían oír.

- ¡Si una persona se encontraba mal, muy mal y le había llevado tiempo y sufrimiento llegar frente a una alambrada ¿Creían que no la saltaría, que se daría la vuelta y se marcharía sin más?

- ¡Qué equivocados estamos en nuestras tumbonas, viendo la televisión y comiendo ricos manjares! – Puntualizaba Mateu-

Solo cuando hay una amenaza directa es el momento en el que nos ponemos alerta. Desplegamos todos nuestros esfuerzos para intentar que no nos toquen y sobre todo que se queden allí, en sus países, para que puedan verse desde la distancia, con emotividad, pero sin que sea un problema directo y menos que afecte a nuestra integridad física y la de los nuestros. El continente africano, era un buen ejemplo, no importaba y menos sus habitantes. Nos servían para nutrirnos de sus riquezas a cambio de limosnas a sus dictadores que creaban un país inmerso en un autentico infierno de golpes de estado, matanzas y más barbaridades. Cuando surgía un problema grave, como el del ébola, la gente se asustaba. Volvían a surgir los miedos y entonces era cuando actuaban. El grupo dominante que se imponía al pequeño.

El lugar donde se vivía, la tierra, se había convertido en un núcleo emergente de magma.

- ¿Qué fue de aquellas proclamas democráticas platónicas, cunas de lo que hoy creíamos que eran las nuestras?

- ¡Burbujas democráticas bajo las cuales se nutrían y encarnaban una nueva élite dictatorial, mientras la dignidad humana de los más pobres intentaba sobrevivir y abrirse paso en un mundo sin sentido!

- ¿Qué hacer entonces?

- ¿Si todo era un sin sentido que fluía bajo el dictado del gran caos y a merced de los poderosos? ¿Para qué seguir luchando? -Se preguntaba Mateu-

- ¡Tal vez huir y comenzar de nuevo podría ser la solución!

- ¿Pero a donde? -Esa era la cuestión que él se planteaba-

Esta situación y planteamiento le hicieron tambalear todos sus cimientos internos de valores y realidad. La podredumbre de la humanidad estaba condenada a la extinción. La dirección a escoger debía ser distinta a la que marcaba la sociedad. Huir y refugiarse en otro lugar, con otra gente que piense distinto y descubrir un nuevo amanecer a la espera del ocaso que tarde o temprano llegaría.

Capítulo 23

Los días eran interminables, nada motivantes. Todo era pasar el tiempo pensando y escuchando. A veces se encontraba en una situación de inmovilidad absoluta, como enclaustrado en una cama. Querer hacer algo y no poder por la obligación de tener que desarrollar otra actividad. Al mismo tiempo que soportar el estrés, la ansiedad y las prisas. Ser gobernado bajo la tutela de un señor feudal. Era la rutina que había vivido y en la que había sido educado. Sin ella todo era anarquía dentro del caos.

Hoy se sentía especialmente inspirado a dejarse embaucar por su voz y las historias que le contaba. Desde por la mañana estaba frente al ordenador recibiendo la fresca brisa y la cálida luz de un nuevo día. Se puso a teclear sobre lo que suponía vivir en un país sin leyes, sin impunidad para algunos, un lugar lejano en el que existía un rey sin reinar y un presidente que hablaba a sus conciudadanos a través de pantallas de plasma para no dar la cara ante la opinión pública, y así no ser preguntado por el incumplimiento de lo prometido en la campaña electoral. Un estado corrupto semejante al dejado atrás hacía décadas. Más bien, podría ser una historia medieval en la que los demandados eran jueces y parte. Una novela de bandoleros en la que los ricos robaban a los pobres para luego engordar sus cuentas bancarias en paraísos fiscales. Algo así como:

-   *"Hacer lo que yo os digo y no lo que yo hago"*

-   ¡Érase una vez el mundo al revés...! -Buen comienzo se dijo-

Mientras, proseguía con su narrativa. Aunque la ironía le hizo hacer un chiste fácil y poner en sus labios las palabras del gran novelista Cervantes cuando dijo aquello de:

-   *"En un lugar de... de cuyo nombre no quiero acordarme..."*

Veníamos de ser vapuleados por la retórica mordaz y suculenta de aquellos que consideraban a la plebe como la más ignorante de todos los grupos sociales y a los que se les podía engañar mediante comparecencias en las que, entre otras cosas, se hablaba de cobros en diferido, de que íbamos cruzando el cabo de hornos y que había brotes vigorosos en la recuperación económica de un país que incluso era lo más parecido a un almacén de "chorizos", o sea, de ladrones.

-   ¡Genial, somos geniales! -Se dijo-

-   ¡Fuimos un día los señores del mundo y lo perdimos todo por estar dirigidos por mediocres que a su vez eran orientados por estúpidos, arrogantes y maltrechos saqueadores! -Volvió a comentar mientras quedó en silencio por un rato-

- ¡Reconducimos la situación tiempo atrás mediante la república y de nuevo *"los salva patrias"* reventaron el progreso!

- ¡Nos volvimos a dar una nueva oportunidad con la transición y volvemos a sucumbir como *"Armada Invencible"* ante nuestras mismas narices!

- ¡Todo fue una farsa, todo fue teatro!

- ¡La venda ha caído y el pueblo pide JUSTICIA!

- ¿Volverá otro mediocre a salvar el país de la MARCA? O ¿Seguiremos soportando a los trileros?

- ¡Uffffffff! -Suspiraba mientras agachaba la cabeza frente al ordenador y se ponía la mano en la frente como consolándose a sí mismo-

Hoy era un día agónico para Mateu. Un gran dolor de cabeza no dejaba de sacudirle todo el entramado de su cuerpo. El mejor antídoto era reposar, estar en cama, no moverse. Su cabeza era un continuo martilleo. Además, sentía pequeños espasmos en las piernas.

- ¡No sé qué me pasa! –Balbuceaba-

- ¡Me ahogo! -Se decía mientras tosía-

- ¡No puedo respirar! -Comentaba para después volver a la normalidad-

Era ya todo un ritual, este tipo de síntomas, hasta que quedaba dormido en la cama.

Capítulo 24

La playa, nuevamente, se encontraba atestada de gente que caminaba tranquilamente de un lado para el otro. Unos jóvenes jugaban a las palas en la orilla, unas chicas tomaban el sol impasibles en sus hamacas para ponerse morenas, una madre daba de comer a su hija, mientras charlaba con su marido, plácidamente bajo la sombrilla. Todo entraba dentro de lo normal en un día de baño. El relax, el juego y el chapoteo primaban sobre todas las cosas. Los más pequeños eran los que más disfrutaban, descubrían tesoros en forma de piedras o conchas que encontraban tras minutos de buscar entre la arena, tras el incesante ir y venir de las olas sobre la orilla.

El agua del mar rompía ininterrumpidamente en la arena, levantando una espectacular lengua de espuma blanca frente a los castillos de arena que habían construido, los más pequeños, para defender las murallas de una ciudad inventada por ellos. Sollozos de unos niños, que derramaban lágrimas, al ver cómo la fuerza del agua destruía sus sueños en cuestión de segundos. Un fortín, que en poco tiempo desaparecía tras un largo y arduo día de construcción y esfuerzo. El hecho en sí venía a dejar claro la esencia de lo que era la vida: Un castillo de arena que se desmoronaba en un solo momento para volver, una y otra vez, a ser levantado. Dentro del mar, unos bañistas, comenzaban a dar alaridos de pánico mientras otros, más cercanos a la orilla, gritaban, igualmente, con gran estruendo al descubrir otro gran misterio que el mar traía a tierra firme.

- ¡Medusas, medusas, hay medusas!

- ¡Salir del agua inmediatamente! –Ordenaban los padres a sus hijos-

Pequeños cuerpos gelatinosos y redondeados que se dejaban llevar por las mareas y que inertes se movían al son de las olas. En el horizonte se divisaban las costas de marruecos, que en días claros y sin bruma podían verse con toda claridad. Y entre ellas, un espacio vacío en el que la nada se hacía presente. Una gran extensión de agua que las separaba, pliegues líquidos de plata que onduladamente sostenían y desplazaban inactivos cuerpos de seres humanos que iban acercándose lenta pero inexorablemente hacia la costa y que de repente eran divisados por los que se encontraban dentro de ella gritando de pavor.

- ¡Están ahogados!

- ¡Están muertos!

- ¡Ahhhhhhhh! –Gritaban-

- ¡Socorro!

- ¡Dios mío, Dios mio!

Eran los inmigrantes que naufragaban algunas millas antes de llegar a la costa y que morían ahogados sin conseguir el sueño de llegar a la tierra de la libertad. A esa que cantaron el grupo cordobés Medina Azahara y que nunca imaginaron que su letra estaría presente más que nunca en estos tiempos convulsos y de cambio:

- *"Cuerpos flotando en el mar que no pudieron llegar y que ahora reposan en paz"*

Estos muertos formaban el fracaso de los políticos europeos ante el problema de la inmigración. Olvidos de aquellos días en los que los europeos fueron y les tocó emigrar ante situaciones de Guerras Civiles. Cuerpos de niños pequeños inertes, en la arena de las playas, mecidos por el flujo de las olas.

- ¡Vergüenza europea ante un drama imparable por la supervivencia!

- ¡Desesperación absoluta por conseguir la dignidad que cualquier ser humano se merece!

- ¡Vivir, ser feliz, mantener a su familia! –Filosofaba Mateu-

Unos morían en el mar, otros se desangraban en las concertinas de las vallas de melilla después de ser apaleados y entregados en caliente a Marruecos. Pero al final, nadie les quitaba su sueño. Pisar suelo español o europeo, daba igual, y luchar por lo que anhelaban.

- ¡Nadie, nadie les quitará ese objetivo!

- ¡Ya que ninguna persona puede quitarle a otra sus sueños!

- ¡Y el que lo haga será porque no es capaz de conseguir los suyos o porque sienta tanto apego a lo más vital de la vida que es la libertad y no quiera que los demás la tengan!

- ¡Ha habido muchos inventos a lo largo de la historia de la humanidad! –Decía Mateu-

- ¡Considerables avances en todas las materias, pero sin duda uno de los inmateriales fue el de los derechos humanos!

- ¿Sirve para algo esa declaración?

- ¡Están muriendo personas, que entran al continente apiladas en camiones de pocas dimensiones, que mueren asfixiadas por falta de ventilación!

- ¡No soporto estas tropelías y todos estos relatos que no me dejan vivir!

- ¡Quiero salir de aquí! -Decía gritando-

Capítulo 25

La vida es cuestión de opciones y entre las muchas que hay, una dicen que será aquella en la que no podrá haber orden alguno. Es el caos, curiosamente, el que lleva a cierto entendimiento de las cosas. Por tanto, sería necesario el desconcierto, la anarquía, la desorganización para que todo funcionase y tuviera cierta lógica.

- ¡Curioso! pero cierto. -Le comentaba un señor mayor a Mateu-

- ¿Sabe Vd., porque no tiene arreglo esto de la vida?

- ¿Qué es esto de la vida? ¿A qué se refiere? –Preguntó Mateu-

- ¡Mire joven, la vida es una *"puta mierda"* vista desde la realidad que nos hacen verla!

- ¡Es una verdad impuesta desde el grupo mayoritario, desde la tribu o desde la casta como lo llaman ahora!

- ¡Pero puede ser totalmente distinta! –Le explicaba el anciano-

- ¡Todo cobra sentido según la forma con la que nos la tomemos y la queramos vivir!

- ¡Lo verdadero de todo es que no tiene sentido!

- ¡Bueno, esa es su opinión personal! –Comentó Mateu-

- ¡Exacto!

- ¡Y por eso considero que es la más correcta!

- ¡La otra, la general es la del rebaño! ¡La de la confusión! ¡La del engaño!

- ¡Nos han hecho ser esclavos capitalistas de lo material!

- ¡No somos nadie sin el teléfono, el coche, en definitiva... del dinero!

- ¿Y a cambio de qué? –Se preguntaba el señor-

- ¡De vivir encadenados de por vida a hipotecas y deudas!

Inmediatamente hizo ese comentario, se produjo un silencio en la gran verborrea que desplegaba el anciano con su alocución. Daba a entender que se encontraba recomponiendo sus ideas después del gran galimatías que le suponía expresar sus pensamientos. Podría decirse que se materializaba su teoría del desorden. De pronto, sin saber , ni porqué, volvió de su trance y siguió relatando su teoría.

- ¿Sabes porqué no tiene arreglo esto de la política? – Dijo-

- ¡No! ¡Dígamelo Vd.! –Replicó Mateu intrigado-

- ¡Porque los que están diciendo que cuando lleguen a gobernar lo arreglarán y solucionarán, harán lo mismo que los que están ahora!

- ¡Una vez lleguen, y se acomoden al poder, volverán a las andadas!

- ¡Por eso, joven, el caos es necesario!

- ¡El desorden y el desbarajuste llevan a estar más cerca del orden!

- ¡Tan peligrosa es una cosa como la otra!

- ¡Interesante teoría! –Afirmó Mateu-

- ¡Muy sugestiva diría yo! –Le corrigió el anciano-

- ¡Aunque los títeres que nos gobiernan son marionetas del decrépito pudrimiento del sistema que fue amarrado por el capital! –Terminó diciendo el viejo-

Los acontecimientos a nivel local, nacional y mundial funcionaban con esa conjetura del caos de la que hablaba el octogenario. Todo era un desgobierno que tarde o temprano se traducía en cierto orden que a su vez originaba otro desajuste. Era la teoría que en su día ya hicieron algunos filósofos, como la del eterno retorno de las cosas.

- ¡Nos engañaron en el pasado haciéndonos enfrentar unos a otros por situaciones estúpidas que enarbolaron algunos para hacernos creer que todo se rompía si no se reponía el orden!

- ¡Al final, fuimos sometidos por unos pocos que hicieron de nosotros, los de a pie, unos estúpidos supinos!

- ¡Ya se dice que el pueblo que no sabe ni leer ni escribir es muy fácil de manipular! –Siguió con sus conjeturas el caballero-

- ¡Entiendo! –Asintió Mateu-

- ¡Luego, a la muerte del pequeño dictador lo hicieron de nuevo!

- ¡Fuimos engañados con la promesa de la tan ansiada democracia!

- ¡Un secuestro del poder soberano del pueblo al delegar en la política todo el poder y refrendarlo sólo cada cuatro años!

- ¡El capital se adelantó y nos hizo creer que éramos libres como pájaros!

- ¡ja,ja,ja,ja! nada más lejos de la realidad –Sonreía el anciano-

- ¡Pero fue mucho mejor! ¿no cree? –Preguntó Mateu-

- ¡Mentira! ¡Mentira cochina! –Le replicó con furia el mayor-

- ¡Eran los mismos perros con distinto collar!

- ¡Han sido una panda de trileros!

- ¡Los hijos y nietos de aquellos que nos subyugaron a la tiranía, son los que hoy nos vuelven a enfrentar y a gobernar!

- ¡Se mezclan en siglas de izquierdas y derechas!

- ¡Pero en realidad son los mismos!

La situación era patética, pensaba Mateu. Este hombre deliraba se llegaba a decir. Esa ansiada prosperidad que habíamos disfrutado después de tanta lucha y esfuerzo, para que ahora viniera a decir esto.

- ¿Cómo podía decir esas cosas? –Se decía Mateu–

- ¡La situación se vuelve a repetir de nuevo! –Insistía el viejo–

- ¡La España que tanta sangre costó y que llevó a esa "Democracia" vuelve a tambalearse!

- ¡El reino se rompe¡ ¡gritan los voceros de nuevo!

- ¡Mire ahí le doy la razón! –Afianzó, Mateu, el comentario del anciano–

- ¿Qué me da la razón? ¿En qué? –Le recriminó el hombre mayor–

- ¡En que la corrupción es endémica, aparece por todos lados! –Contestó Mateu–

- ¡Las cartas han sido marcadas y la pantomima nos la creemos! –Automáticamente prosiguió el octogenario con sus pensamientos–

- ¡Unos se denuncian a otros! ¿pero al final quien va a la cárcel? ¡Vd. o yo posiblemente! ¡Ellos no!

- ¡Esto no acabará bien, volverán los sonidos de sables a blandirse en las calles!

- ¡Lo lamentable del asunto es que seremos los mismos los que pagaremos con nuestra sangre la venida del orden!

- ¡Joder que trágico lo pone todo Vd.! –Interrumpió preocupado Mateu–

- ¡Ríase pero ya está sucediendo!

- ¡Fíjese en la situación del país! –prosiguió el anciano–

- ¡Mire los títeres que nos gobiernan y los que esperan en la oposición!

- ¡Somos gobernados por estúpidos que como alguien dice por ahí... *"son disfuncionales y no pueden trabajar con otros, países y personas, porque no son capaces de manejar sus propios asuntos"*!

La situación del país no era nada halagüeña. La crisis no terminaba, la economía se estancaba y las autoridades no paraban de engañar a la opinión pública con sus mensajes de optimismo. Los sueldos de la clase trabajadora bajaban de manera alarmante a la par que se introducía una reforma laboral que hacía, a los ciudadanos, volver a ser esclavos de la tiranía de un sistema sin escrúpulos. Los comedores sociales eran los protagonistas de la realidad de antaño cuando la gente tenía que recurrir a la desolación al verse privados de los derechos que la carta magna reflejaba. Los bancos de alimentos, por su parte, no daban abasto a repartirles a los más necesitados e incluso realizaban campañas para que la gente donara productos de primera necesidad ante la gran demanda. Eran muchas familias con hijos las primeras en solicitar esa ayuda. Por otro lado, los desahucios, sin miramientos estaban a la orden del día. Los bancos eran rescatados con dinero público, mientras repartían dividendos a sus accionistas. El trabajo era escaso y suponía no llegar a fin de mes. La educación se recortaba para hacer que solo las clases pudientes volvieran a tener y ser la élite de un reino que se desmoronaba inexorablemente hacia el abismo del caos más absoluto. La pobreza llegaba a más de seis millones de habitantes, sin contar los miles que habían abandonado el país. Algunos, como los investigadores, eran reclamados por países más avispados que recogían la inversión hecha por el estado y aprovechaban sus conocimientos e investigaciones iniciadas en I+D. Todo aventuraba a un escenario de confrontación, de revuelta. Tal vez fuera lo necesario. La revolución a la francesa que faltó hacer en éste país siglos atrás y que llegaba con cierto retraso. Los partidos políticos estaban desacreditados por la gran cantidad de mediocres en sus filas y por una retahíla de –chorizos- que huían como ratas al ver el barco hundirse. Eso sí, con sus bolsillos llenos y depositados en paraísos fiscales. Todo orquestado y podrido desde las mismas entrañas del sistema. Se hacía patente lo que dijo un político, condenado también, al decir que la justicia era un cachondeo. Todo estaba politizado. Todas las instituciones sin excepción. No había ninguna que se salvase, incluso la casa del jefe del estado. Jueces que eran separados de la carrera judicial por investigar cosas que no debían tocarse, o por encarcelar a personas con mucho poder. El presagio del hombre mayor se consolidaba con fuerza con argumentos sólidos que hacían sentir a Mateu cierta incertidumbre y temor. Emergían partidos nuevos que rompían el bipartidismo crónico existente desde la transición. Esto ponía en jaque todo el nido de "termitas" o mangantes que estaba instalado por todo el territorio. De momento el ejército no decía nada. Pero tarde o temprano habría movimientos. Las elecciones generales estaban cerca y el nerviosismo se instalaba por doquier, máxime ante la proclama soberanista de los catalanes que desafiaban con la celebración de un referéndum para decidir si querían seguir o no en el país.

- ¡Me deja Vds., acongojado! –Le manifestó Mateu al hombre mayor-

- ¡Preocupado es poco para lo que vendrá, créame! –Le volvió a decir con gran proclama el anciano-

- ¡Yo ya esperare sentado!

- ¡Mi ilusión se apagó hace tiempo!

- ¡No creo tan siquiera que lo que estoy viviendo sea realidad!

- ¡Es como si quisiera abrir los ojos y comprobar que he estado soñando!

- ¡Que la vida es otra cosa!

- ¡A mis años estoy asqueado de todo! ¡No se realmente que hacer en lo que me quede de vida!

- ¡Terminarla pronto como quieren las autoridades para que no tengan que pagarme ningún tipo de paga o seguir adelante como si de un juego se tratase! –Seguía comentando el viejo-

- ¡En la vida es necesario que nos zangarreen fuertemente para ser conscientes de los hechos y del tiempo que a algunos nos queda! –Le contestó Mateu-

- ¡Puede que sí, que eso que dice tenga cierta lógica! ¡Pero la cosa está muy mal querido joven! –Contestó el anciano-

- ¡Negro, muy negro lo veo!

- ¡Prepárese para cambiar su vida!

- Pregúntese ¿Quien es? ¿Qué quiere? ¡Establezca sus objetivos y avance hacia ellos! –Terminó sugiriéndole el viejo-

- ¡No estaría mal que me hiciera esas preguntas, la verdad! –Asintió Mateu-

- ¡Pero lo más importante de todo es colocarse las gafas! –Le sugirió el anciano-

- ¿Las qué...? ¿Qué gafas? -Preguntó Mateu-

- ¡Dependiendo de como quiera ver la vida podrá optar por las gafas de mosca o las de abeja!

- ¿Pero que historias son esas de moscas y abejas...? ¿se está quedando Vd., conmigo? –Respondió Mateu con sarcasmo-

- ¡Mire querido joven... si la vida la ve con gafas de mosca la verá como donde van esos bichitos...!

- ¡O sea, quiere decirme que uno la ve como una mierda!

- ¡Efectivamente, es Vd. aplicado, si señor! –Contestó el viejo-

- ¡Si mira así, todo será escatológico! ¡Pero si lo hace con las otras, todo será bello, floreado y de color de rosa!

- ¡Pero... una cosa! ¡Podría verlo también con las de la realidad! ¿no cree? –Replicó Mateu–

- ¿Y que gafas son esas? –preguntó, ahora, el anciano–

- ¡Ufffff! ¡la verdad es que no sabría que decirle!–Quedó Mateu en silencio–

- ¡Al final volvemos a lo mismo, querido joven, caos vs. orden!

- ¡Fluya si quiere ser feliz!

- ¡Si no, únase a mi club y sea un amargado de la vida!

- ¡Ya! ¡Pero una cosa es darse cuenta de lo que me dice y otra cambiarla! –Le replicó Mateu–

- ¡ja,ja,ja,ja,ja,ja...! –sonrió el anciano–

- ¡No se preocupe, ya cambiará el destino por Vd., no lo dude!

- ¡Fluya joven, fluya y déjese llevar por los acontecimientos! ¡Le irá mejor, sin preocupaciones materiales!

- ¡Esa es la trampa! ¡El capitalismo salvaje y deshumano que nos sostiene!

- ¿Y Vd. cómo ha sobrevivido a todo esto? –Le preguntaba intrigado Mateu–

- ¡Lo mismo que muchos otros! ¡Separándome del rebaño! –Comentó el anciano–

- ¡Algo muy duro, pero liberador!

- ¡Siendo joven me movía por la presión del grupo! ¡No era yo!

- ¡Con el tiempo me di cuenta de eso y cambié! ¡Me hice dueño de mi destino! ¡Me libré de la esclavitud que atenazaba a la sociedad de mi época! ¡Fui, desde eso momento, yo mismo! ¡No lo que la gente quería que fuera!

- ¡Joder! ¡Que mañana me está Vd. dando! ¡Me está haciendo replantear toda mi vida en cuestión de minutos! –Le dijo Mateu-

- ¡Pero eso que me cuenta no es fácil de hacer, aceptarse tal y como somos!

- ¡Los prejuicios sociales, el capitalismo del que me habla! ¡Todo empuja mucho a aparentar y ser otro! ¿no?

- ¡Por eso mismo te decía anteriormente que te llegues a conocer y plantearte qué es lo que quieres conseguir en este mundo! –Volvía a insistirle el viejo-

- ¡Pero sin el paso previo de aceptarte como eres, no lo conseguirás!

- ¡Yo tardé en conseguirlo y aun así sigo apuntalándome cada día!

- ¡Nuestro país, en concreto, es un pueblo ingobernable que solo sabe hacer caso ante situaciones de palo y zanahoria! ¡Cómo la historia del burrito! ¿sabe?

- ¡Si la conozco!

- ¡Lamentable pero cierto!

- ¡Este país tuvo su gran error en las autonomías! ¡Tanta duplicidad de órganos y puestos!

- Y ¿para qué?

- Eso... ¿Para qué? –Preguntó Mateu-

- ¡Pues para mantener a toda esta chusma de impresentables que no hacen nada y se lo llevan sin dar palo al agua!

- ¡Hombre...! ¡Yo creo que Vd. se equivoca en ese planteamiento por...! -Argumentaba Mateu al anciano-

- ¿Por...? ¡Me podría decir Vd.! ¿para que sirve los órganos consultivos de las distintas comunidades autónomas? –Lo reprendió automáticamente el anciano-

- ¡Se reúnen una vez a la semana o pocas más y al final de mes tienen un gran sueldo en sus cuentas corrientes-

- ¡Bueno... hay tiene razón!

- ¿Que tengo razón?

- ¡Pues claro que la tengo!

- ¡El senado que utilidad tiene, sino para enviar a los descarriados y premiados a cobrar un salario multimillonario! ¡Un cementerio de elefantes dicen que es lo que es!

El silencio era lo único que asistía a Mateu en aquel momento que iba viendo como no tenía argumentos para responder a las teorías del anciano. La España de los padres de sus padres había sido una autentico laboratorio donde todo era obedecer y callar. La casta, los de toda la vida, como decían ahora, siempre había existido. Ahora, seguían los hijos de los de antes. Éstos daban algo más de "pan" al pueblo, con lo que se aseguraban poder seguir con todas las tropelías que antes no se sabían por falta de medios y conocimientos. Se había llegado a un punto en el que todo era una gran mentira. Las declaraciones, las dialécticas en la tribuna. El conocimiento debía de estar solo en algunos para que el tumulto siguiera a líderes que eran puestos en las sombras por amigos y grandes multinacionales. El capital había usado la corrupción para someter al poder político y todo lo demás.

- ¡Y lo último ha sido lo de Cataluña! –Comentó Mateu-

- ¡ja,ja,ja,ja,ja! -Sonríe a carcajadas el anciano-

- ¡Pues yo no le veo la gracia, la verdad!

- Querido joven ¿no lo ve? Si es muy fácil.

- ¡La situación económica y financiera, por no decir en materia de salud y servicios sociales es pésima en Cataluña!

- ¡Han llegado al colapso! ¡Es cómo poner la zanahoria para salvar el pellejo y desviar la atención sacando el tema de la independencia!

- ¡Ya! ¡Pero era una reivindicación de antaño! ¡Además, promueven una consulta nada más! –Volvió a decirle Mateu-

- ¡ja,ja,ja,ja,ja,ja! ¡Tú crees...! ¡Mira, te voy a tutear ya, si me lo permites! –Le dijo tajante el anciano-

- ¡Claro que sí! ¡Faltaría más! –Le permitió Mateu-

- ¡Hay algo que debemos tener en cuenta y que no sabemos –comentó el anciano-

- ¿Y que cosa es esa? –Sonrió Mateu-

- ¡Otra trola de trileros que quieren hacer que sus vergüenzas se vean tapadas bajo un pedazo de trapo que representa una bandera!

- ¡No hay más banderas que las que nos envuelve a todos los seres humanos como personas!

- ¡Todo lo demás son mentiras!

- ¡Esa mentira es la que nos hace esclavos de un mundo en el que bajo el miedo de un Dios y el suplicio de un infierno debemos respetar unas normas! ¡Ya que después de la muerte nos espera la resurrección!

- ¡Posiblemente no haya resurrección, ni tal vez muerte, ni tan siquiera Dios! –Seguía diciendo el anciano con rotundidad-

- ¡El día que la gente pierda el miedo a la muerte y vea que no hay nada más que el presente, ese día la religión terminará por desaparecer y no tendrá sentido!

- ¡Puede ser! ¡No le quito razón alguna! ¡Y menos a la de tapar las vergüenzas enarbolando banderas! –Contestó Mateu-

- ¡No olvides, joven amigo, que no dejamos de ser un agrupamiento de organismos vivos viviendo en un vehículo que es el cuerpo humano!

- ¡Todo se agrupa para ser más fuerte y para sobrevivir! ¡La unidad, como la célula, no tiene nada que hacer!

- ¡A lo largo de la historia los pueblos más fuertes han sido los que han permanecido unidos! ¡Con sus diferencias pero con sus alianzas!

- ¡Por eso, no es comprensible lo de Cataluña ni lo de ningún otro pequeño condado! ¡A no ser que vayan buscando su propio interés! ¿no cree? –Le preguntó el hombre mayor a Mateu-

- ¡Así lo creo! ¡Así lo creo! –Terminó contestándole Mateu al anciano-

Capítulo 26

El cuento de que venía el lobo se hizo realidad en la capital del reino. Decían que todo estaba controlado y como ya se sospechaba la fiera acabó comiéndonos. En el mundo del periodismo las noticias se huelen, se barruntan, y esta era una de esas que tarde o temprano acabaría sucediendo. Otra gran mentira sobrevolaba al ejecutivo nacional y con él al ministerio de sanidad. Todos los rotativos nacionales y provinciales daban la voz de alerta.

- ¡Contagio de ébola en España!

No hay peor enemigo que aquel al que no se conoce. Eso era lo que estaba sucediendo. El pánico se apoderó de la población ante la epidemia que se cernía sobre la comunidad. Nadie conocía la forma de contagio, a los equipos médicos se les preparó en pocas horas y todo el mundo contemplaba impasible como traíamos a un religioso español repatriado de Liberia donde había sido infectado al estar en contacto directo con la población afectada de ese país. Las garantías eran mínimas de que se pudiera salvar. El tratamiento era nulo o apenas experimental con ZMapp. Aún así había que hacerlo. Bajo fuertes medidas de seguridad se le aisló en una sala del hospital. Durante el tiempo que permaneció allí fue atendido por auxiliares, enfermeras y todo el equipo médico. Se enfrentaban a algo nuevo y para ello usaban equipos especiales de protección, dos pares de guantes, polainas y gafas bajo un estricto control a la hora de vestirse y desvestirse. Desgraciadamente el paciente murió y tras desinfectarse el cuarto ocupado por la persona fallecida apareció un nuevo caso. Esta vez se trataba de una auxiliar que lo atendió.

- ¡Se cree que el fallo ha estado a la hora de quitarse el traje! –comentó la prensa-

- ¡No hay otra explicación! ¡El momento más crítico es ese, en el que pudo haber pasado, pero no está del todo claro! –Escribían en otro medio-

Los síntomas aparecieron en la auxiliar, que tuvo que ser ingresada y tratada de inmediato. Todo estuvo cargado de un gran revuelo mediático ante las actuaciones de los distintos responsables políticos, de turno, que cargaron contra la sanitaria y responsabilizaron de su propio contagio. Por su parte los sindicatos de enfermería culparon a aquellos que la acusaban y les recordaban la escasa formación recibida. El final de la historia fue satisfactorio en parte. La auxiliar salvó su vida gracias al buen hacer de los servicios médicos. Pero en el camino quedaron varias víctimas.

La situación de aislamiento en la que se encontraba Mateu le hacía empatizar con la vivida por la funcionaria, en el hospital, donde habían sucedido los acontecimientos con el virus del ébola. Contemplar como los demás te ven desde el otro lado, sin que tú puedas hacer nada más que sonreír.

- ¡No hay nada peor que sentirse apestado! ¡Todos te sonríen pero nadie se te acerca!

- ¡Piensas en muchas cosas mientras dura tu cautiverio! ¿Por qué a mí y no a otro? ¿Y ahora qué?

Era como el juego aquel que, de pequeño, llevaba a cabo con sus amistades en el colegio y en las calles.

- ¡Tú la llevas!

- ¡La peste la lleva Mateu! –decían, mientras salían corriendo para que no los pillara-

- ¡Y ahora, aquí me ves! ¡Marcado por los acontecimientos y con una apatía que me impide levantarme!

Pero había un virus más perjudicial y maligno que ningún otro, incluso más grave que el mismo ébola. Se había trasmitido desde hacía lustros, por los que gobernaban el planeta, en una sociedad globalizada como la actual. Ese contagio había sido el de la ignorancia, el machismo, el materialismo y la falta de crítica hacia lo más importante, los valores. Aquellos que pueden mantener a una sociedad libre. Lo superficial y lo material era la piel con la que se cubrían las personas. Nadie se atrevía a sacar su esencia, su interior, por miedo a que descubrieran sus debilidades. Por este motivo, Mateu, se sentía un bicho raro ante los demás. Él se desnudaba ante los acontecimientos y se posicionaba ante lo que le dictaban sus principios morales.

Capítulo 27

Una antigua casa, situada en la mejor zona de Córdoba, de gran aspecto solariego y señorial lucía sus grandes galas hacia el exterior. Era una vivienda hermosa y de gran extensión en fachada. Su pared blanca y encalada hacía lucir sus balcones de madera torneados, color nogal, con sus ventanales y grandes puertas de madera en su entrada que dejaban ver el paso de los siglos de su existencia y esplendor a través de las grietas que marcaban los surcos, profundos en las betas de los tableros que la conformaban. La cubierta que la cubría era de tejas antiguas que le daban un color característico. Sosteniéndolas se encontraban unas traviesas de madera que la erigían altiva y bella ante cualquier viandante que pasara junto a ella. Por último, un gran aldabón dorado, decoraba la puerta, junto al cual estaba la mirilla para comprobar quién perturbaba el silencio de aquella morada.

Pero al igual que la leyenda de David contra Goliat, el pequeño consiguió vencer al más grande. Algo que nunca pudieron imaginar los grandes y poderosos dueños del palacete. Unos bichitos pequeños y blancos, similares a las hormigas, *"muerde que te muerde"* lograron penetrar en las vigas y puertas de la mansión hasta conseguir comerse el interior y dejar una delgada cáscara en el exterior. Pasados los años el aspecto de consistencia, a simple vista, era el mismo que el de sus inicios.

Un día el techo calló sin más explicación que el crujido y estruendo que originó al desmoronarse sobre la planta alta. Todo se vino abajo sin apenas tiempo para poder maniobrar por parte de los dueños. Muchos fueron los destrozos que se produjeron e incluso algunos empleados fueron alcanzados por la catástrofe. El polvo levantado por el derrumbe y la aglomeración de gente, frente a la casona, hacían presagiar a los viandantes que algo nefasto había sucedido. Hubo indicios de la aparente plaga pero no se pusieron los medios suficientes para erradicarla desde sus inicios. Se tenía plena confianza en la robustez de la vivienda como para que pudiera llegar ese fatal desenlace. También, la dejadez, que se tuvo por parte de los diversos encargados del mantenimiento, ocasionó el suceso. Dicho de otro modo:

- *"Entre todos la mataron… y ella sola se murió"*

Las pequeñas y hambrientas asesinas de madera hicieron como Ali-Babá y los cuarenta ladrones. Se colaron sigilosamente en la propiedad y fueron escondiendo su botín en forma de larvas en el interior de los soportes de la techumbre del palacio. Se aprovecharon de la nocturnidad y de la falta de medios para su localización, consiguiendo, en silencio, hundir lo que había costado tanto construir y mantener en siglos de historia. Al final, solo unas pocas fueron exterminadas. La gran mayoría, salió indemne de tal acto de bandolerismo de guante blanco. Y es que fueron alertadas con tiempo para que pudieran situarse en zonas alcdañas de la parte baja de la vivienda, emigrando incluso algunas a otros paraísos que se encontraban cerca.

- ¡Impresionante imagen! -Comentaba Mateu al pasar por la zona-

- ¡Esto se veía venir! -Decía un transeúnte-

- ¿Cómo que se veía venir? -Le respondió-

- ¡Porque era vox populi en la calle!

- ¿Y nadie lo denunció o lo comunicó a las autoridades? -Sorprendido matizo Mateu-

- ¿Para qué? ¡Para que dijeran que eso no es asunto nuestro! ¡Todo es una mierda! -Dijo el hombre marchándose del lugar-

Mientras esto ocurría, en una mañana soleada y casi veraniega del mes de octubre, en la ciudad de los Califas. En el reino, en el que una vez nunca se puso el sol, se producían otros derrumbes. Tarjetas negras y opacas, preferentes, más personas desocupadas inscritas en el INEM, aumento de las fortunas de los ricos y de las empresas del IBEX. Un gobierno títere de las multinacionales y de poderosos intereses ocultos. Una degradación de la clase política, de la democracia y de la justicia. Y además, se debatía en el congreso la ley mordaza por la que la ciudadanía no tendría apenas derechos para poder manifestarse y protestar por el miedo a la represaría económica y de privación de libertad que supondría salir a mostrar su desacuerdo. Pero los grandes corruptos seguían abriendo y desbancando todo lo que podían para guardarlo en paraísos fiscales al son de:

- *"Ábrete Sésamo"*

Muchos eran los comentarios, frases y metáforas que se hacían al respecto en todos los medios de comunicación sobre al aumento de la crispación en la sociedad. Era curioso como la población se mantenía contrariada pero no terminaba de romper en un estallido general por las calles. Algunos de los periodistas que mantenían diariamente debate en los programas televisivos se hacían la misma pregunta.

- ¿Cómo no ha estallado ya esto?

- ¡Pues porque la población es culta y está esperando a hablar en las urnas! –contestaba otro-

- ¡Pero esto es insostenible! -Decía una periodista- ¡la cosa llega ya a no poder comer! ¡Y esto terminará explotando!

- ¡Esperemos que no! -Le respondían-

Días más tarde se daba a conocer una encuesta en la que se consolidaba como ganadora y en intención de voto un nuevo partido que había emergido hacía diez meses. Tan poco tiempo y ya era primera fuerza política. El desencanto poblacional se hacía patente e incluso el ocho porciento del electorado del partido gobernante se planteaba votarlos.

La gente ya no podía más. El gobierno se obstinaba en decir que hacían todo lo posible por frenar la corrupción y traer la prosperidad, pero eso no terminaba de llegar. Además, cada día salían más casos de malversación de fondos por parte de políticos de los partidos tradicionalistas. El desconcierto se adueñaba de las familias que irrumpían en manifestaciones y asambleas vecinales por todo el país. El fervor de grupos emergentes hacía que la represión policial por parte del estado se acrecentara hasta tal punto que se hablaba ya de estado de sitio, mientras que el gabinete gubernamental se agazapa en sus respectivos ministerios. La situación era de emergencia nacional. Todos los grupos de la reserva policial estaban en alerta por todo el país. El caos se adueñaba del reino. El gobierno entumecido no sabía cómo actuar y los partidos de la oposición lo único que concebían era en lanzar reproches sin dar soluciones. En momentos así, la gente tenía poco que perder y lo apostaban todo a una carta. El objetivo que se planteaba era el de despertar de la gran mentira a la que habían sido llevados desde la transición. Derrocar a los corruptos y con ellos toda la estirpe o casta como habían sido etiquetados.

La nueva savia que regenerara a la política y con ella a la democracia estaba por venir. Tras varios días de revueltas callejeras y manifestaciones, se levantó el estado de sitio.

- ¡Comienza una nueva etapa! -Decía el presidente por televisión de plasma ante un nutrido grupo de periodistas que lo esperaban físicamente-

Pero los casos de abusos policiales comenzaban a abundar y la represión se acrecentaba a pocos meses para las elecciones generales. El discurso de los nuevos partidos, como el que podía arrebatar la presidencia del gobierno, llamaba a la lucha pero dentro de la calma y exigían que se adelantaran los plebiscitos al mes de mayo coincidiendo con las elecciones locales. Para algunos todo esto les recordaba a los momentos previos a la Guerra Civil y decidían emigrar por las fronteras de Portugal, Francia y Marruecos. Los asesinatos de algunos altos cargos directivos que engañaron con la estafa de las preferentes y se hicieron millonarios, hacía dar el pistoletazo de salida hacia las rencillas entre los ciudadanos. Las causas pendientes, como las envidias y controversias, se comenzaban a dirimir como tiempo atrás. Las venganzas y el ajuste de cuentas estallaban en pueblos y ciudades. Solo la intervención de Europa consiguió apaciguar a un país que nunca fue fácil de gobernar. Por otro lado y por culpa de esos que debieron ser paradigma con su ejemplaridad y que se entretuvieron en pasar por la puerta giratoria, había conseguido destruir nuevamente lo que tanto costó levantar entre los españoles. Llegados a este punto se producía un hecho que hacía vislumbrar, de manera cómica, la situación de un país sin rumbo. El banco de España salió ardiendo por culpa de un accidente al explotar una bombona en las obras de la azotea cuando los obreros estaban realizando trabajos de soldadura. Éramos, nuevamente, el circo de Europa y del mundo. La tan traída marca España era ya satirizada con la comparativa de sustituir el Toro de Osborne con la de un chorizo gigante. Nuestro poderío marítimo quedó en evidencia, en aquel acontecimiento, como la imagen de país lo hacía en estos momentos.

Ahora las preguntas, en la calle, se dejaban sentir con más fuerza que nunca en medio del galimatías social que existía en todo el reino.

- ¿Quién arregla ahora todo esto?

- ¡Se ha roto la confianza de la sociedad en sus instituciones!

- ¡Váyanse con todo lo robado!

- ¡Que lo devuelvan…!

- ¡Que nos permitan volver a comenzar!

Llegó el momento de elegir, en las urnas, al nuevo partido que gobernaría el país durante cuatro años. Nunca se había levantado tanta expectación ante una campaña electoral como la que se avecinaba en la joven democracia española. Los ataques desmedidos y a *"tumba abierta"* contra los que estaban cambiando el rumbo de los acontecimientos eran cada vez mayores. Los dos partidos tradicionalistas se defendían como podían ante el abandono del apoyo ciudadano por el descrédito acumulado después de tantos años de engaño a la ciudadanía. En la calle los comentarios eran muy dispares.

- ¡Ya no hay izquierda ni derecha!

- ¡Todos son iguales!

- ¡Chorizos, que son unos chorizos! -Decían otros para a continuación lucir unas pancartas con un rótulo que ponía *"No hay pan para tanto chorizo"*-

- ¡Si se puede…! -Se oía de fondo-

Cualquier ataque hacia el nuevo partido emergente lo hacía más fuerte. El miedo era nuevamente el arma que utilizaban los dos partidos, mayoritarios, para asustar al pueblo y para rehuir que los votasen. Pero las gentes de esta tierra curtida en picaresca, guerras y abusos estaba ya harta. En algunos medios de comunicación se asumía el nuevo cambio que se iba a producir en el escenario político y lo argumentaban de la siguiente manera frente a los interlocutores estatales que acudían allí:

- ¡No nos engañáis ya!

- ¡No nos da miedo vuestras amenazas!

- ¿Y sabéis porqué?

- ¡Por qué somos más cultos y la venda se nos ha caído!

- ¡Vergüenza da tener a tanto caradura diciendo sandeces!

- ¡No nos vais a vilipendiar más! ¡Granujas!

Se trataba de un momento histórico aunque algunos no quisieran reconocerlo. Suponía la primera vez, desde la transición, que se cambiaba el escenario político con nuevas propuestas destinadas al y por el pueblo. Reformular una nueva carta magna, más ecuánime, que sí se cumpliera y establecer un nuevo régimen en el que la república volviera a instaurarse en el país.

La ilusión en la población era grandiosa. El nuevo partido, de corte populista según los dirigentes del bipartidismo, estaba a punto de conseguirlo. Los rumores de un posible pacto entre los dos grandes, como gobierno de

AL OTRO LADO DE LA REALIDAD

coalición, sonaban con más ímpetu que nunca. Aunque rápidamente los llamados socialdemócratas se desmarcaron de esa noticia. De momento, lo que se hacía era prometer algo a lo que los ciudadanos ya estaban acostumbrados a no ver cumplir después. La calma era la constante ahora. Tiempo atrás las manifestaciones habían recorrido el territorio nacional para defender la sanidad, la educación, entre otros temas importantes. Las mareas, como fueron denominadas estas marchas, dejaban paso ahora a la meditación culta y serena de un pueblo hastiado de tanto mediocre y enchufado. Era el momento de que hablara la ciudadanía. Por otro lado, los poderes facticos maquinaban un gran impacto en la sociedad. Demasiados casos de corrupción entre los mismos habían hecho subir en las encuestas a un nuevo partido. Era el momento de romper con esa ilusión ascendente. La idea programada y estudiada era la de hacer una tabla raza con ellos y presentarlos como corruptos y defraudadores. Los enemigos del pueblo. Así orquestado todo se dispuso al director de orquesta. Un antiguo miembro de ese grupo emergente que diría y presentaría pruebas de que habían cometido fraude y que los dejaría en mal lugar ante la opinión pública.

El revuelo fue grande, como no podía ser de otra manera. Dónde estaban ahora esos que hablaban de regeneración de la vida democrática. Esos que hablaban de casta. Por momentos, parecía que la caja de pandora había abierto del todo su tapa y la esperanza había salido disparada a algún lugar lejano.

- ¡Qué queda ahora...! -Se preguntaba la ciudadanía-

- 245 -

- ¡A qué nos agarramos!

- ¡Todos son iguales!

- ¡No podemos confiar en nadie! ¡Todos buscan lo mismo!

El objetivo que se perseguía había dado resultado. Ahora quedaba presentar a los antiguos partidos, los de la casta, con nuevas caras y dando la imagen de regeneración y compromiso con todo el pueblo, así como pidiendo perdón por los errores cometidos en el pasado. Se presentaban como los únicos, con experiencia, para devolver la ilusión perdida al pueblo llano. Las encuestas volvían a equilibrar la balanza. Y algunos periodistas y políticos sonreían de alivio ante lo que se avecinaba. Pero la ciudadanía se guardaba un haz en la manga. No estaban en los tiempos de la Europa Medieval en la que la incultura y sobre todo el miedo hacían mella en los súbditos y siervos que ofrecían vasallaje a sus señores.

Para muchos estaba claro, sobre todo para Mateu. Todo había sido y era un engaño. Mientras algunos vivían por la cara a costa de los demás por la falta de implicación en la vida política y social, otros callaban e intentaban sobrevivir, que ya era mucho. Se subsistía como en tiempos de nuestros padres, con un lijado y nuevo acabado de pintura de un régimen antiguo, donde el enchufismo mandaba sobre la meritocracia. La mediocridad en las instituciones de gobierno e incluso en algunas otras era un auténtico drama. Seguían siendo un gran país que algunos y algunas no dejaban crecer. Para más inri, todo su potencial intelectual e investigador se marchaba del reino hacia otras zonas emergentes como Alemania. A Mateu, esto, le sonaba a la época del medievo en la que vendíamos la lana a Europa y luego la recomprábamos ya manufacturada. O aquella otra, en la que tuvieron un gran imperio en el que nunca se ponía el sol y que acabaron derrumbándose por esa vanidad, prepotencia y mezquindad de los gobernantes y reyes del momento. Una pena, pero no dejaba de ser una realidad. La cúpula de jueces y fiscales, por su parte, denunciaban que se había pervertido la separación de poderes en el país y proponían ocho medidas contra lo que ellos llamaban –*máxima alarma*- de corrupción. El manifiesto judicial indicaba:

- ¡Responsabilidad de regeneración democrática!

- ¡La corrupción genera riesgo de colapso!

- ¡Se ha pervertido la separación de poderes!

- ¡Necesidad de un modelo contra la corrupción del s. XXI!

- ¡Más medios judiciales e inspectores!

Toda una utopía o brindis al sol por parte de los jueces que no llegaría a cumplirse dado que ellos no eran los que podían legislar políticamente sobre el asunto. Por otro lado, la justicia estaba en entre dicho desde hacía tiempo al comprobarse que ellos mismos eran nombrados por políticos e incluso que podían ser retirados de la carrera judicial por investigar casos que no debían serlo. Por ese motivo, ya había dos jueces inhabilitados en el país. Existía una línea roja que no se podía traspasar y que debía ser recordada para que nadie se adentrara en ella más allá de lo estrictamente necesario. En momentos de grandes cambios, suceden grandes tragedias. La muerte hacía mella en todas las escalas y en todas las pirámides estamentales de la sociedad. Morían reyes, papas, nobles e incluso ciudadanos... parecía irónico decir esto en pleno siglo XXI, pero poco o nada había cambiado en una sociedad enferma y roída por la corrupción crónica en sus entrañas. En estos días finales, de un año convulso, moría una *"grande"*, decían, del reino. La verdad que fue una persona que se puso el mundo por bandera y que hizo y dijo lo que quería en todo momento.

- ¡Con dinero y posición se puede! ¡No cabe duda! - Comentaba en las tertulias y programas de muy diversa índole y color-

- ¡Pero para ser un grande en el mundo hay que saber morir, y lo más importante de todo, para ser recordado y dejar legado hay que no haber sido un *"triste viajero en esta vida sombría"*! -Repetían en la prensa escrita-

Pero más allá de estos comentarios lapidarios, lo que queda es la eterna y cíclica repetición, por parte del ser humano, de su falta de honestidad, empatía y entrañas para con él mismo. Más lejos de esto sería llamarlos –gusanos- sin escrúpulos que defendían exclusivamente su círculo más cercano a costa de lo que fuera. Y cuando se decía esto, se referían a incluso a matar o dejar morir al prójimo. Lamentable, pero cierto. Entre esos lacónicos textos quedaba el de Ayn Rand una mujer filósofa que emigró de Rusia a EEUU en los años 20 y que escribió algo que se podía aplicar a los momentos actuales de crisis.

- *"Cuando te das cuenta que, para producir, necesitas obtener autorización de quien no produce nada. Cuando compruebas que el dinero es para quién negocia, no con bienes sino con favores. Cuando te das cuenta que muchos son ricos por sobornos e influencia, más que por el trabajo, y que las leyes no nos protegen de ellos, mas por el contrario, son ellos los que están protegidos. Cuando te das cuenta que la corrupción es recompensada y la honestidad se convierte en autosacrificio. Entonces podría afirmar, sin temor a equivocarme, que tu sociedad está condenada"*

En aquel contexto de incertidumbre de realidades y futuros caídos tocaba refundarse a uno mismo también. Las gentes más violentas buscaban escusas para soltar sus rabias entre bandas o tribus sociales. El escape para muchos era el fútbol, así que los enfrentamientos entre clubes de ciudades dispares no se hicieron esperar. Por supuesto, las muertes tampoco. También, las situaciones desesperadas de atracos a bancos comenzaban hacerse habituales y en ellas los asesinatos de policías ante la falta de medios para llevar chalecos antibalas era una tónica común. Todo apuntaba a un gran caos de película, de texto literario. Una pequeña aproximación a la obra de George Orwel *"1984"* en la que el gran hermano vigilaba y controlaba todos los movimientos de los ciudadanos. Lo curioso es que aunque no fueran del todo ciertas las noticias no dejaban de anunciar flases desconcertantes.

- ¡Militares de un regimiento acorazado en Valencia han sido instruidos durante dos semanas en ejercicios de "control de masas" sin que se les explicara por qué tienen que recibir esa formación!

- ¡En el cuartel se comenta que "según los mandos, hay que estar preparados para todo, y más en los tiempos que corren"!

- ¡Se piensa que si la Policía se ve desbordada... las Fuerzas Armadas son las que tienen que tomar automáticamente el mando!

- ¡Se rumoreaba y sospechaban muchas cosas de la finalidad de estos ejercicios, que eran absolutamente extraños teniendo en cuenta las características del Regimiento Lusitania, que es una unidad acorazada, es decir de blindados.

- Lo que opinaba la gente es que se ve todos los días mucha tensión en la calle, que hay muchas revueltas... entonces se piensa que si la Policía se ve desbordada, entonces, y al amparo de la Constitución, las Fuerzas Armadas son las que tienen que tomar automáticamente el mando; eso es lo que se escucha y se piensa que será por eso. -Se decía en los medios de comunicación escritos-

Muchas eran las noticias de volver a empezar con nuevos valores y reinventar el sistema. Una de ellas fue la que llegó a manos de Mateu a través de las redes sociales. Se trataba de un grupo de personas que abogaban por una vida distinta a la vivida hasta estos momentos, exenta de grilletes capitalistas que ahogaran a las personas. Esta decía así:

- ¡Estamos buscando personas maduras de entre 30 y 40 años, dispuestas a vivir en un pueblo abandonado del norte de Portugal que no tengan ningún tipo de carga económica y familiar a sus espaldas!

- ¡Los interesados pueden informarse en el correo que se proporciona a continuación!

- ¡La propuesta es atractiva e interesante! -Se dijo a sí mismo-

- ¡Abandonarlo todo y comenzar una nueva vida! -Algo que Mateu estaba dispuesto hacer-

Esa noche, y frente al espejo de su cuarto de baño, se miró fijamente a los ojos. Incrustó su mirada en la imagen reflejada de su rostro e intentó poner orden a sus ideas, como si quisiera pasar al otro lado del espejo y poderse ver desde el lado opuesto. Contemplar las cosas desde otro punto de vista distinto al que había observado hasta ahora.

Capítulo 28

La reunión que tuvieron los dos directivos, hacía un año en el despacho del director, terminó con una propuesta de Manolo. Era una estupenda reflexión, consideró Eric, lo que acaba de escuchar por parte de su subdirector. Era la misma que él había pensado.

- ¡Mira Manolo, la situación es insoportable ya!

- ¡Así no se puede seguir!

- ¡La he madurado mucho y he llegado a la conclusión que hay que darle un nuevo giro al periódico! -Dijo, Eric, entusiasmado mientras se levantaban los dos-

Los directivos abandonaron el despacho y salieron dirección al ascensor. Eric tenía clara la idea del nuevo cambio en el periódico y Manolo quería despedirse de sus años de periodista dejando las cosas bien atadas. A la mañana siguiente una llamada telefónica pone en alerta a Manolo.

- ¡Hola Manolo, soy Eric! ¿Puedes venir a mi despacho un momento?

- ¡Voy enseguida! -Le responde-

La competencia entre los medios escritos era total en la capital cordobesa. Además, la crisis había provocado una situación de recortes que podían afectar a los mismos trabajadores. La dirección del periódico estaba en una campaña de mantenimiento de toda su plantilla. Pero la estrategia era la hacer ver a la competencia que estaban por provocar un ERE. Esta situación era la que avivaba inseguridad y desasosiego a todo el personal. Lo que no podían desvelar los directivos era sus verdaderas intenciones. Distraer a los competidores era, según ellos, la manera con la que poder sorprenderlos. Un caballo de Troya en pleno siglo XXI que les convertiría en los líderes absolutos de la prensa en la ciudad y provincia. La reunión de ambos era testimonial, pero no dejaba de tener su relevancia ya que significaba la destitución de uno de los que, en su momento, ayudó a enaltecer el periódico con sus mordaces, ingeniosos y argumentados artículos de opinión. Esos que a la larga le hicieron caer ante la decepción de los medios facticos que sustentaban, y por consiguiente invertían en el rotativo. El dicho antiguo así lo afirmaba:

- *"No muerdas la mano que te da de comer"*

- ¿Pero cómo poder ser un buen periodista sin caer en mediocridad y falta de independencia escribiendo lo que no es verdad? -Se decía a menudo Mateu-

Una nueva etapa estaba a punto de comenzar con la entrada de Manolo al despacho del director. Juntos se sentaron y debatieron:

- ¡Como me comentaste el otro día! -decía el director-

- ¡He considerado lo que me dijiste a cerca de nuestro columnista!

- ¿Y bien...? -comentó Manolo mirándolo fijamente y con expectación a los ojos, esperando una respuesta-

- ¡He decidido... despedirlo!

- ¡Las presiones por parte de nuestros accionistas son muy fuertes ante las afrentas periodísticas que hace hacia diversos sectores como el de la política! –Dijo Eric-

- ¡Despedirlo! –Respondió Manolo-

- ¡Sí! ¡Despedirlo! –Insistió-

- ¡Es nuestro mejor redactor! ¿Lo has hablado, ya, con él?

- ¡Mira Manolo, atendiendo a tu petición y a la de los que pagan todo esto, el despido se hace necesario e imprescindible para que no seamos nosotros los que caigamos ante los caballos!

- ¡La indemnización será grande pero necesaria!

- ¡Habrá que solicitarle que durante un tiempo se atenga a lo que firmó en su momento y guarde secreto profesional!

- ¿Y si no lo cumple? -Replicó Manolo-

- ¡Pues habrá que llevarlo a los tribunales!

- ¿Pero...? ¿Y tú crees que él lo entenderá? ¡Y lo que es más improbable, que lo acepte!

- ¡No lo sé Manolo! –Subió el tono de voz con cierto desagrado-

- ¡Pero se lo voy a proponer así de claro! ¡La condición es darle la indemnización por cumplir lo pactado en su momento en el contrato!

- ¡Mi decisión está tomada! –profirió una vez más con cierto tono estresante-

- ¡Uffff! -Suspiró Manolo pasándose las manos por la cabeza-

- ¡Bien! ¡De acuerdo! ¡Tú te encargas de todo Eric!

- ¡Está decidido! ¡Hoy mismo se lo comunico!

- ¡El día 15 recibirá la carta de despido y a final de año dejará de ser trabajador de esta casa!

- ¡Lo haremos público filtrándolo para que la competencia lo vea como un pequeño recorte de personal!

- ¡Ok! ¡Ponlo todo en funcionamiento!

- ¡Espero tus noticias Eric! -Se levantó y abandonó el despacho-

La salida del despacho del subdirector dejó en silencio al director, que sentando quedo pensativo visionando una posible realidad de lo que a partir de estos momentos ocurriría en el futuro del periódico. Se levantó y se dirigió hacia su mesa. Quedó de pie frente por frente de un pensamiento enmarcado en la pared de Steve Jobs que decía:

- *"Cada día me miro en el espejo y me pregunto: Si hoy fuese el último día de mi vida, ¿querría hacer lo que voy hacer hoy? Si la respuesta es –no- durante demasiados días seguidos, sé que necesito cambiar algo"*

Por este motivo, y dado que ya venía dándole vueltas a la propuesta de su subdirector se propuso llamar a Matéu al día siguiente para comunicárselo. Una apuesta tan fuerte como era esta suponía un gran riesgo. Despedir a uno de los mejores redactores equivalía a quedarse en inferioridad con respecto a sus competidores. Pero la suerte estaba echada. Había que arriesgar para ganar esta batalla. La mañana se presentaba como la típica estampa de un día fresco pero soleado en el que los rayos de sol hacían su entrada por el horizonte y atravesaban los cristales del despacho, de Eric, para hacer llegar su luz por todo el habitáculo.

-¡Buen día para tomar decisiones y comunicarlas! -Se decía mirando al cuadro que tenía colgado en la pared-

Al momento un toque en la puerta le hacía volver de la ausencia en la que había quedado ensimismado.

- ¡Toc, toc! ¡Se puede!

- ¡Si, si...! ¡Pasa Matéu, pasa! ¡Te estaba esperando!

- ¿Cómo estás? ¡Me comunicaron que querías verme! – Alargando el brazo para entrelazar la mano como gesto de cordialidad-

- ¡Sí, siéntate! ¡Tenemos que hablar!

- ¿Y eso?

- ¡Siéntate, por favor!

- ¡Cómo sabes la situación de crisis por la que está pasando el país hace que tengamos que innovar, hacer cambios! ¡Ser mejores y ofertar nuevas propuestas a nuestros lectores!

- ¡Ya! ¿Y qué tiene que ver esto conmigo?

- ¡Pues verás...! ¿Cómo decírtelo?

- ¡Nuestros accionistas no están nada conformes con tu forma de obrar, a la hora de criticar a ciertos sectores de la sociedad en tus artículos de opinión!

- ¿Cómo...?

- ¡Quedas despedido a final de año! –Bajando el tono de su voz y girando su cabeza mientras entrelazaba los dedos de sus manos-

- ¿Qué...?

- ¡Lo que oyes Matéu! ¡Te despido!

- ¿Pero... no entiendo? ¿Por qué?

- ¡Mira, te lo acabo de decir! ¡Los accionistas no están de acuerdo con tus pensamientos y con tu visión de las cosas!

- ¡Aquí se piensa de una manera diferente a cómo tú crees que son las cosas! ¡Y ha llegado un momento en que has sobrepasado el límite y por eso, hay que despedirte!

- ¡Pues no estoy de acuerdo!

- ¡Acepta el despido y coge tu finiquito! ¡Sales ganando!

- ¿Ganando...? ¡No voy a rendirme! ¡Pelearé hasta el final!

- ¡Además, se te va a exigir que guardes secreto profesional y que no puedas trabajar para la competencia en un mínimo de dos años!

- ¿Cómo...? ¡Eso no te lo crees ni tú!

- ¡No seas obstinado!

- ¡Eso lo firmaste el mismo día en el que entraste aquí! ¿Recuerdas? -Le dijo con cierta entonación maquiavélica-.

- ¡Ahora mismo no me acuerdo!

- ¡Pero sí sé que esto no ha acabado aquí! ¡Nos veremos en los tribunales!

- ¡Lo siento mucho, Mateu, pero así son las cosas!

- ¡Joder Eric!

- ¿Y no has podido hacer nada para que esto no sucediera?

- ¡Llevo muchos años trabajando aquí! ¡Y sabes que soy tu mejor columnista!

- ¡Lo sé...!

- ¡Pero los que mandan no me dejan otra opción! ¡Tu cabeza o la mía, y como comprenderás es la tuya!

- ¿Pero... y todo mi trabajo aquí? ¿Mi prestigio y profesionalidad?

- ¡A la mierda la profesionalidad!

- ¡No te das cuenta que lo que cuenta es lo que los poderosos quieren!

- ¡Quien paga quiere sus resultados! ¡No los tuyos! ¡Joder entiéndelo ya de una puta vez!

- ¡Y una mierda...! -Gritó con tono amenazador, mientras salía despavorido del despacho-

La cara de Mateu lo decía todo. Se dirigió hacia su mesa y quedó pensativo durante un buen rato. Algunos compañeros comprobaban los acontecimientos con cierta incertidumbre ante lo que estaban viendo. Nadie quería decir ni hacer nada. En estas situaciones la soledad es la única compañera, que aparece detrás de uno como la viva imagen de la muerte. Todos te rehúyen, apestas y el miedo se apodera de todo y de todos. Tras un rato de estar viajando en la nada, buscó una caja y comenzó a guardar sus cosas en ella. Entre otras, la foto de su fallecido padre que un día le dedicó escribiéndole lo siguiente:

- *"Me doy cuenta de que si fuera estable, prudente y estático; viviría en la muerte. Por consiguiente, acepto la confusión, la incertidumbre, el miedo y los altibajos emocionales, porque ése es el precio que estoy dispuesto a pagar por una vida fluida, perpleja y excitante"*

Y de la noche a la mañana todo cambió para él. De tenerlo todo a no tener nada. Así es la vida. Afrontar lo nuevo, salir de su zona de confort y utilizar sus herramientas para encarar los nuevos retos. Y vaya reto que se le presentaba ante la situación tan dramática de desempleo en el país. Abandonó la redacción con paso firme y sin mirar atrás. Por tanto, comenzar la cuenta atrás, hacia un nuevo reto, era solo cuestión de segundos.

Al día siguiente, el comité de empresa se reunía con la dirección y arrancaba un acuerdo de mantener a toda la plantilla en nómina. Sólo algunas jubilaciones anticipadas, pero salvaban de la catástrofe a la gran mayoría de trabajadores. Eso sí, tendrían que bajarse los salarios un veinte por ciento a cambio de lo otro. Todos respiraron tranquilos. La pesadilla había desaparecido de momento. El otro asunto importante quedaba ratificado igualmente, aunque se dirimió en los tribunales por despido improcedente. Al final, todo tenía un precio. El juzgado reconoció la improcedencia de la destitución y optó por la indemnización, ya que así se lo recomendó su abogado. Todo es así de efímero, por mucho que te esfuerzas todo tiene un final. El saber aprovecharlo para crecer como persona es lo importante. A la postre no son las personas, son los hechos los que quedan y los que son juzgados. Somos simple y llanamente moléculas que se mueven al son del sol. Solo eso y nada más.

Capítulo 29

Volvía el crudo invierno a tender su manto frio sobre la capital Cordobesa. El cielo marcaba tendencia luciendo un pálido gris con ribetes blancos en el horizonte. Las gentes calentaban sus cuerpos con grandes abrigos y bufandas buscando un calor reconfortante para el cuerpo. La ciudad se iba preparando y engalanando para el cambio de año. Todo volvía a retornar. Había pasado un año en la vida de Mateu. Su paso del cielo a los infiernos, sin pasar por el purgatorio, fue marcado a fuego en su interior. Todo pasa y todo queda, decía Machado, pero los acontecimientos que acontecieron, durante este período de transición, le hicieron cambiar como era de esperar.

- ¡Había que pagar un precio por todo en esta vida, incluso por la libertad! –Se decía a sí mismo-

Esa independencia, en la que no dejaba de pensar, la había sabido encontrar. Era aquella a la que no todos llegaban y a la que el resto envidiaba. Y su precio era ahora la soledad de ser libre, sin ataduras.

- ¡Volver a empezar! –Gritaba- ¡Pero no como un fracaso, sino como una nueva oportunidad para alcanzar mis sueños y de luchar por lo que realmente quiero!

- ¡Ser fiel a mí mismo y alcanzar la felicidad es lo que pretendo!

Para ello se planteó la pregunta clave:

- ¿Para y porqué vivo?

- ¡Para ser feliz! -Se respondió-

- ¿Y cuál es el precio que tengo que pagar por ello? –Se decía-

- ¡La libertad, la soledad...! -Se confesó, así mismo nuevamente, frente a la imagen que reflejaba su rostro en el espejo del cuarto de baño donde se estaba mirando-

- ¡Pero en esta vida no todo es cómo queremos que sea! -Pensaba mientras recordaba las palabras de Chavela Vargas-*"no hay nadie que aguante la libertad ajena; a nadie le gusta vivir con una persona libre. Si eres libre, ése es el precio que tienes que pagar: la soledad"*

Todo había pasado tan rápido, sin dilación alguna, que su mente le hacía maniobrar sin rumbo. De pie y un poco ensimismado en su interior, reflexionaba:

- ¡Es muy fácil enfadarse por cualquier cosa, sin duda alguna!

- ¡Pero yo ya no me enojo!

- ¡Tan solo observo, pienso y escucho!

- ¡Me alegro o decepciono! ¡Y si es necesario me alejo o acerco de los acontecimientos! –Expresó sin tapujos-

- ¡Ya decía el poeta!: *"a veces es necesario realizar una parada en el sendero de nuestra vida para contemplarse a uno mismo y mirar nuestro pasado –etapa por etapa- para no llorarse las mentiras y si cantarse las verdades"*

Fue un año muy duro, en el que tuvo que dejar de ser aquello por lo que tanto había ansiado y trabajado. Un periodista de reconocido prestigio, que contempló las miserias del ser humano, que no dejaban de ser las de la vida misma. Le cerraron puertas. Fue una persona a la que dejó de sonarle el móvil. En la que muchos extraños y conocidos se refugiaron en algún momento para solucionar sus problemas y ser atendidos por alguien al que consideraban influyente. Un conocido, aunque fuera llamado amigo. Ironías del destino y reflejos de una sociedad enferma y en decadencia que mostraba un entorno sociocultural estéril y bastardo. Un mundo de miserables condenado a la esclavitud.

- ¿Amigos? ¡Pocos o ninguno! -Se cuestionaba-

- ¡Bueno! ¡Sí! ¡Solo uno! –Se respondió-

- ¡Yo mismo, conmigo y de vez en cuando enfadado!

- ¡ja,ja,ja,ja,ja,ja...! -Sonreía después del monólogo estéril con el que se había delcitado

Tener amigos de verdad era asumir que se encontrarían acompañándote siempre a tu lado, en las buenas y en las malas ocasiones. Que lo defendieran a uno cuando no estuviera presente y que tuviera el coraje suficiente para criticarlo cara a cara, de forma abierta y sin tapujos. De no ser así, lo que se tendría al lado sería una panda de hipócritas. Por este motivo, él, siempre insistía en reconocer el poco porcentaje con los que contaba.

- ¿Sabéis porque tengo tan pocos amigos? –Comentaba en algunas tertulias-

- ¡Porque no me gusta estar rodeado de hipócritas!

- ¿Y sabéis cuales son los peores?

- ¡Aquellos que están a tu lado por el interés y que te abandonan como ratas cuando todo va mal!

- ¡Eso son los peores! –Insistía-

- ¡Judas, traidores! ¡Que por pocas monedas se venden al mejor postor!

- ¡Miserables que sobreviven en la vida sin dignidad, aparentando ser lo que no son!

¡Seres sin moralidad y sin alma, aunque se postren ante altares, recen a dioses y escolten las espaldas de otros que tal vez puedan servirles!

- ¡Escoria de seres sin alma, que condenados en vida transitan por ella de manera rastrera! –Concluía-

Y tal vez no le faltaran razones para decir esto. Mucha gente se arrimaba a los demás por puros intereses del momento. Cuando acababan de absorber todo lo que podían se despegaban como sanguijuelas.

- ¡Si te he visto no me acuerdo! –Solían pensar-

Lo bueno de la vida era que las cosas se repetían a lo largo de los años y lo que hoy parecía imposible, mañana se hacía realidad. Un auténtico embrollo en el que el destino volvía a reencontrar a las personas en contextos diferentes y haciendo que volvieran a arrastrarse mendigando, de nuevo, nuevos favores.

- ¡Parodias del destino que trasgreden los principios elementales de la ética, creando sus volátiles valores del momento! –Insinuaba-

- ¡Qué ironías nos ofrece esta puta vida...!

- ¡Sin duda, grandes lecciones de habilidades sociales!

- ¡ja,ja,ja,ja,ja,...! -Comenzó a dejarse llevar por el sarcasmo del momento-

Hacía una mañana de diciembre soleada y con una temperatura agradable para el mes del año en el que se encontraba. Ese día se levantó como tantos otros a media mañana. Se aseó, desayunó, se vistió y salió a la calle con gran entusiasmo. Hoy, se conmemoraba el aniversario de su despido. La paz reinaba en él. Al salir, lo primero que hizo fue acercarse al kiosco de su amigo Mariano para comprar el periódico por el que tanto trabajó y en el que se dejó la piel.

- ¡Así es la vida! ¡Un sorbo de mordaz grosería que no paga el tiempo que necesitas para convertirte en genuino!

- ¡Es como la vida del rojo y aterciopelado vino de Toro! ¡Muchos años de reposo en la barrica para luego en un breve, pero intenso momento ser absorbido por los labios de la eternidad! –Filosofaba en silencio-

Pero lejos de sentimentalismos baratos, bajo la mirada en busca del ejemplar que iba buscando y no daba crédito a la portada que ofrecía con un alegre presidente del gobierno y un titular desconcertante:

- *"La crisis va dejando paso a la esperanza"*

- ¡Bonita mentira, dice hoy el rotativo, para adornar un día tan maravilloso! ¿no crees Mariano?

- ¡Pues la verdad es que sí, el día es maravilloso y no digo más!

- ¡Ja,ja,ja,ja,ja...! -Se echó a reír Mateu-

- ¡Hago como que me lo creo, pero ni por esas puedo entender tanta falacia barata en un periódico tan serio!

- ¡Pero son tantos los días al pie del cañón y tantos años vendiendo aquí, que ya no me sorprendo de nada! –Le comentaba Mariano-

- ¡Te entiendo perfectamente!

- ¡Pero hace falta que este tipo de titulares se conviertan en realidad! ¿Por qué la cosa está fatal? –Respondió Mateu-

- ¡Y peor se va a poner como no lo arreglen pronto! –Dijo Mariano-

- ¡En fin...! –Suspiró Mateu-

- ¡Que tengas buen día querido amigo!

- ¡Igualmente Mateu! ¡Que lo tengas tú también!

Transitaba por la calle disfrutando del cálido día, en un mes tan frío como era este. Su paso breve pero intenso lo llevaba hacia un lugar tranquilo donde poder leer con sosiego las crónicas sociales del país y de la provincia. Al estar desempleado y disponer de tiempo para dedicarlo a aquello en lo que deseaba, suponía un lujo hacer eso. Algo que no estaba al alcance de muchos. En esta situación desarrolló, más si cabe, su capacidad de observación hacia todo lo que le rodeaba. La noción del tiempo escapaba a sus sentidos y eran las historias cotidianas de las personas que se iban cruzando ante él las que le llamaban la atención. Solía sentarse al lado de la Puerta del Puente romano, declarada de Bien de Interés Cultural, junto a una escalinata en la que agradecía los rallos de sol que lo calentaban mientras ojeaba los artículos periodísticos sobre la tan nombrada crisis por la que atravesaba el país. Los escenarios caóticos siempre están presentes, son necesarios como los conflictos. Nos hacen avanzar, crecer, aunque en el camino dejen muertos. No hace falta que lo digan los medios de comunicación, ni el político o economista de turno. Las realidades van y vienen dependiendo de nuestro entorno, de nuestra forma de interpretarlas y sobre todo de afrontarlas.

Era un lugar de tránsito el que había elegido para leer. Un punto de encuentro, que en su momento unió la ciudad con la Vía Augusta, de multitud de turistas y personas que agradecían esa magnífica vista. Así lo entendía la chica rubia del violín que resguardada bajo su arco deleitaba a los transeúntes con sus melodiosas y suaves piezas musicales. Fue entonces, en ese mismo instante cuando comenzó la cuenta atrás para Mateu. Volvía a casa por navidad. Era tiempo de cambios, de despedidas. El tráfico, como de costumbre, era poco fluido. Demasiados *"empanados"* conduciendo, sin saber a ciencia cierta que carril ocupar. Sonidos de claxon que no servían sino para poner más nerviosos a los inseguros conductores. Semáforos que comenzaban a cambiar de color y que daban pie a saltárselos. Peatones que se atrevían a arriesgarlo todo al cruzar por las avenidas o incluso a convertirse en una nueva especie al transitar por el carril bici sin saber que en cualquier momento podían ser atropellados por estos vehículos de dos ruedas.

- ¡Todo un caos, como la vida misma! –Se repetía-

Todo tiene un porqué dicen, y el de Mateu fue producido por la situación sin sentido en la que estaban inmersas las instituciones del Estado. La justicia era la de los poderosos. Todo estaba reventando, los casos de corrupción eran evidentes. Nadie de los gobernantes de ahora y de los de antes podía salir indemne ante la magnitud que estaban cogiendo los acontecimientos. Los jueces eran obligados a jubilarse forzosamente, se les apartaba de los casos para que no molestaran o simplemente se les sancionaba y apartaban de la carrera judicial.

- ¡Elecciones a la vista! -Era el grito del momento-

Ante el caris que estaban tomando los acontecimientos, nuevos partidos surgían movilizando a un electorado perdido y sin rumbo. Una nueva era nacía, una revolución por la dignidad y la libertad emanaba con fuerza por calles y plazas. Un auténtico estallido multitudinario que presagiaba, de nuevo, un gran caos y revuelta civil por los hechos que se iban a producir tras los plebiscitos. Todo daba como resultado la muerte del bipartidismo y un cambio de gobierno que aupaba a gobernar a un nuevo partido que tildaba al actual de haber desaprovechado la legislatura y no haberse ocupado de los problemas reales de los ciudadanos.

- *¡Garantizaremos el que nadie tenga frío y que nadie se quede sin techo!*

- *¡Financiaremos una educación pública, universal y de calidad!*

- *¡Propondremos medidas contra la precariedad...!* -Decía su líder, con un tono elevado pero firme-

- *¡Hay que bajar el IVA cultural para que en nuestro país vuelva a florecer la inteligencia y el arte!* –añadía-

- *¡Que paguen los ricos! ¡Están robando a los ciudadanos de mi país y nosotros no lo vamos a consentir!*

- *¡Amar a tu país es tributar en tu país!* –Argumentaba-

- *¡Suspender las ejecuciones hipotecarias, no más desalojos sin alternativa...!* –Terminó diciendo-

La vía de escape para Mateu, ante tanta incertidumbre y ante tanto desatino, fue huir hacia el vacío. Una huída hacia otro mundo, otro lugar, otra historia de vida. A través de las redes sociales encontró un grupo de personas que comenzaban una nueva vida. Un proyecto para construir y dejar un nuevo legado social al margen del que existía en la sociedad actual y capitalista del momento.

- ¡Ahora o nunca! -Se dijo-

Tras ponerse en contacto con los supuestos organizadores de la actividad. Se despidió de su familia y se trasladó hacia un pequeño, olvidado y abandonado pueblo del norte de Portugal donde conviviría con hombres y mujeres sin ningún tipo de carga económica, sin hijos e independientes para vivir al margen de las normas de una sociedad podrida y muerta como era la actual, según consideraban ellos.

El libro se cerró y los ojos, abiertos como platos, de dos criaturas alrededor de su abuelo quedaban impresionados por los relatos que acababa de cortarles. La calidez del fuego de una chimenea en una noche de invierno cuando el año comienza a irse era el escenario perfecto para iniciar un nuevo futuro de vida más próspero y lleno de valores.

- ¡Pues bien, queridos nietos...! –Dijo una voz marcada por los años-

- ¿Qué opinión os merecen las historias que acabo de contaros? -Preguntó el abuelo mirando por encima de sus gafas a sus nietos-

- ¿No sé abuelo? -Respondió uno de ellos-

- ¿Pero esas historias no tienen fundamento alguno en una democracia y en un país como el nuestro? –Dijo el más mayor-

- ¿Verdad?

- ¿Eso no podría suceder? –Dijo el otro-

- ¡Ja,ja,ja,ja,ja,ja,ja! -Sonrió el abuelo-

- ¿Y eso por qué, mis queridos nietos?

- ¿Acaso la realidad de las cosas no puede variar?

- ¿Pero esos relatos que describes no son verdad? –Le contestaron-

- ¡Mirar mis queridos angelitos! –comentó el anciano- ¡Al final de todo, lo que queda son verdades a medias!

- ¡La Verdad suprema es la suma de mi verdad y de la tuya, e incluso nunca se llega a ese estado supremo!

- ¡La verdad absoluta no está en pos de nadie! ¡Siempre hay que buscarla y aun así nunca se encuentra!

Y llevaba razón el viejo, que hablaba y miraba con amor a los dos jóvenes que anonadados seguían su conversación.

- ¡Ya que como dijo una persona realista:

¿Tu verdad? No, la Verdad,

Y ven conmigo a buscarla.

La tuya, guárdatela!

- ¡A lo que si hay que estar atento! –les advirtió- ¡es a lo contrario de la verdad! ¡Lo llaman dogma, ¿sabéis? y hace que las personas se crean la verdad de unos sin que exista ni tan siquiera una sola duda al respecto!

- ¡Hay que buscar esos pedacitos de verdad día a día! –Les recordó-

- ¿Cómo si fuéramos investigadores? -Interrumpió uno-

- ¡Como científicos! -Exclamó fuerte el otro-

- ¡Si, así, mis queridos nietos, así! ¡Como verdaderos buscadores de historias!

- ¡Y si para colmo lo sois de verdad! ¡Atentos! ¡Porque mucha gente, especialmente la ignorante deseará castigaros por vuestras verdades, por ser correctos, por ser vosotros mismos!

- ¡Por eso, nunca os disculpéis por ser correctos, o por estar a años luz de vuestro tiempo!

- ¡Si estáis en lo cierto, o así lo creéis!

- ¡Dejar hablar y escuchar a vuestros corazones! ¡Aunque seáis uno solo, la verdad seguirá siendo la verdad!

- ¡Permanecerá ahí a lo largo del tiempo!

- ¡Ante el caos que es la vida, nunca dejéis escapar vuestros sueños!

- ¡No desistáis a escribir vuestras historias y a escuchar la de los demás!

- ¡Buscarlas insistentemente, pues en ellas hallareis las respuestas a todo lo que queráis encontrar!

En ese momento, sonó el reloj y delicadamente el abuelo los invitó a irse a descansar.

- ¡Ya es media noche y hay que irse a dormir! –Replicó el abuelo-

- ¡No, nooooooo! ¡Cuéntanos una más! ¿Por favor? – Insistieron-

- ¡No! ¡Ya es hora de ir a la cama! ¡Mañana habrá más!

Todos marcharon a descansar. Pasadas unas horas el mayor de los pequeños no podía dormir y bajó al salón, donde unos momentos antes había estado escuchando los impresionantes relatos de un país que creía imaginario. Sólo la llama de los rescoldos de la chimenea eran los depositarios de la luz que tenue, pero con fortaleza alumbraban y daban alguna luminiscencia al salón. Allí, sobre la mesa, estaba el libro. El chico lo abrió y fue pasando las páginas que tan delicadamente había estado tocando y leyendo su abuelo momentos antes. Llegó al final y descubrió que el libro estaba firmado bajo un seudónimo.

- ¡Anda...! ¡Si se llama como mi abuela! –dijo el niño-

Firmado:

-EMMA-

"LA CONTADORA DE HISTORIAS"

Capítulo 30

Y un ángel vino y anunció que todo era efímero como el tiempo y que la embriaguez de los dirigentes sucumbiría a los sones de la trompeta. El nuevo orden social se estaba acoplando y tras la caída del último todopoderoso dirigente, de color, acontecerían los dolores.

- ¡No sé como llegue hasta aquí!

- ¡No entiendo estas profecías!

- ¡La voz que siempre oigo desvaría esta vez en mí!

Confundido, por la cantidad de historias que surgían en su cabeza, intentaba ponerla en orden. No terminaba de ser consciente de lo que sus oídos escuchaban y como surcaban por su recóndita mente. Miles de años de lavado de cabeza por medio de la doctrina religiosa. La presión de un grupo que adiestraba al resto, dando por bueno una serie de creencias y orden universal del ser humano y del cosmos.

- ¡Religiones ha habido muchas! –Decía-

- ¡Algunas incluso más antiguas que estas que nos acontecen!

- ¡Pero la decrepita carcoma de la corrupción, codicia y poder las corrompe por dentro!

- ¡Adoran a un Dios omnipotente al que no paran de invocar para que vuelva!

- ¿Volver para qué? ¿Para ser ajusticiado de nuevo?

Las religiones se habían transformado en todo menos para lo que fueron creadas. Se orientaban a otro tipo de devociones como el culto al dinero, al poder y a la corrupción, entre otras. Las verdaderas revelaciones de lo más sucio de la iglesia salían a la luz entre un gran escándalo. Sacerdotes detenidos, posibles espías de EEUU en versión -*Mata Hari*-vaticana. Asuntos turbios en los que los negocios opacos y la gran cantidad de privilegios a dirigentes de la cúpula eclesiástica hacían templar los cimientos de la mismísima plaza de San Pedro.

- ¡Traición al Papa! –Escribían los periódicos-

- ¡Desvío de fondos de las limosnas para pobres para sufragar sus sueldos y sus lujosas mansiones!

- ¡ja,ja,ja,ja,ja,ja...! -Reía Mateu ante estas noticias-

- ¡Qué desvergüenza! ¿Dónde está Dios?

- ¡Si realmente existiera y regresara volvería a expulsarlos del templo de su padre!

- ¡Y él volvería a ser ajusticiado! ¡Esta vez sin que quedara nada de él, por blasfemo!

Pero todo está escrito y, cómo no, el final de los tiempos según las escrituras. Pero hay algo más que saber que todo tiene un principio y un final, un Alfa y un Omega. Y eso es estar al tanto de las señales.

- ¿Tú me lo dices? -Se repetía-

- ¿La voz interna me dice lo que está escrito?

- ¡Yo lo sé, porque lo he leído!

- ¡Y nadie, ni incluso un ángel con trompeta me dirá lo que ya sé!

- ¿Qué qué es eso que conozco? –Se interrogaba a él mismo-

- ¡ja,ja,ja,ja,ja,ja,ja! -Volvía a reír-

- *"Uno de los siete ángeles que tendrá que venir y que tiene las siete copas de vino me dijo: -Ven y acércate sin miedo que voy a enseñarte la sentencia de la que será la gran ramera que se sentará sobre todos los océanos del mundo. La que fornicará con los poderosos y aturdirá a los seres que pueblan este mundo con el brebaje de la lujuria"*

Las religiones se encontraban en un estado de descomposición y de pérdida de seguidores. Volvían a ser reducto, por parte de algunos, de intolerancia y de violencia ante la defensa de algún precepto escrito en los libros sagrados. Al unísono, emergían otras nuevas como el liberalismo, el capitalismo y muchos –ismos- que llevaban a las tinieblas al ser humano. Momentos de incertidumbres en la que las fuerzas del mal campaban a sus anchas en todo el planeta. Un nuevo cambio social y espiritual al que deberían de dar explicación y marcar el nuevo camino los próximos profetas.

Capítulo 31

Los argumentos y las historias son el criterio de orden de nuestro cerebro y de toda la gran selección de elementos que la componen. Por este motivo, Mateu, dibujaba castillos en el aire con gran facilidad. Falto de cimientos que sustentaran todas las rarezas que imaginaba en su turbada cabeza.

- ¡La casa era grande, aunque hubo un tiempo en el que lo fue más! -Se despertó relatando-

- ¡No me atolondres voz! –Repetía-

- ¡Lo sé... en ella habitaban muchas castas distintas! ¡Pero todas unidas por algo en común!

- ¡Sí...! ¡Parte de la misma historia!

- ¡Pero sabes una cosa voz! ¡Era una casa en la que había una suma de linajes! ¡Todos juntos pero no revueltos!

- ¡Aunque cuando les preguntaban por separado siempre respondían: La familia un asco!

- ¡Los que refundaron la casa siempre procuraron hacer ver esa suma! ¡Ya sabes voz (tanto monta, monta tanto)!

Hoy era un día de mucho trajín. Muchos ruidos de aquí para allá. Parecían que había obras o se estaban mudando algunos vecinos. El cansancio era la tónica diaria de Mateu en estos últimos meses. Apenas salía y lo poco que lo hacía era con su imaginación. Se encontraba abatido, al borde de la desconexión con lo que había sido siempre su entorno. Suponía un divorció en toda regla. Sin más argumentos. Separado de la realidad.

- ¡Las familias discuten! ¡Eso no es bueno!

- ¡Pero la responsabilidad es de los líderes!

- ¡Tienen que poner orden y cordura!

Era verdad, los responsables que conformaban un gran grupo heterogéneo debían de guiar a los suyos. Tenían la obligación de tener grandes puntos de miras y establecer una declaración de voluntades por parte de todos sus miembros. Los problemas aparecieron cuando surgieron ambiciosos tontos que terminaron haciendo enfermar a unos pocos por culpa de excentricidades personales involucionistas. Llegando a convertirse en particularidades familiares muy características que se transformaban en una verdadera enfermedad cuando se era profundamente imbécil. Dicho de otro modo el pensamiento de Mateu era el mismo que el de D. Antonio Gala:

- *¡El Nacionalismo es una enfermedad cuando se es profundamente idiota!*

- ¡Creerse ser algo, cuando nunca se fue nada! – Exclamaba Mateu-

Hoy todo se estaba cuestionando incluso las pertenencias a las castas. Eran más que los demás miembros. Tapaban sus problemas con grandes banderas en las que se solían envolver los nefastos e ignorantes gobernantes de la gran estirpe en la que convergían. Nunca fueron dados a tenerlos buenos. Siempre fueron malos. Y ahora no iba a ser menos. La gran familia que llegaron a ser, se perdió en el horizonte de las aguas por las que surcaron. El rebaño seguía estando guiado por lobos que con piel de cordero seguían merendándose a toda aquella que desobedecía.

Nunca un colectivo fragmentado consiguió tanto como el que estaba unido y firme ante los envites de la vida. No había cosa peor que los ignorantes que se creían llamados a liderar un proceso en el que querían guardarse un espacio en la historia. Se olvidaban de que es la historia la que elige la forma en la que se recordará a los grandes. Y no al revés. Además, muchas lluvias tendrían que venir para que emergiera alguien con cualidades suficientes como para que guiara a los miembros del condado catalán, y no de la nación, hacia el porvenir dentro de una España fuerte y cohesionada.

Este caso le hizo sonreír mucho a Mateu, que lo consideraba un efecto del desarrollo adolescente de un territorio nacional. Y lo comparaba así, ya que le recordaba la historia de aquel joven que en un estado de confrontación con su padre y madre decidió marcharse de casa después de mucho anunciarlo. Se consideraba tan capaz de eso que mentalmente se autoconvencía a diario. Resaltaba su autoestima y autoconcepto.

- ¡Soy capaz de independizarme! –Decía el Joven-

- ¡Puedo valerme por mí mismo ahí fuera!

- ¡Estaré mejor y tendré más oportunidades que aquí! –Repetía-

- ¡Estoy harto de que yo aporte cosas en casa y no me den luego todo lo que quiero!

La tozudez llegó a tal extremo que se lo creyó a pies juntillas. Incluso en las reuniones con amigos los convencía para que lo apoyasen. Alguien dijo que la –tontería humana es un veneno que siempre mata- Por tanto, la necesidad de educar y despertar la mente, así como cultivar el espíritu crítico era fundamental en este tipo de situaciones. El final de la historia se podía imaginar. El joven se marchó de casa y al verse cara a cara con la realidad comprendió que no todo era como él lo había visto. Ahora el problema era que no era capaz de reconocer su error. Sus padres esperaron a que aprendiera la lección y al final volvió pidiendo disculpas. Años más tarde, cuando fue padre, comprendió la actitud de los suyos en esos momentos. Entendió que la familia está compuesta de pequeñas unidades que la hacen más fuerte. Siempre fue así. Una unidad mayor será siempre más fuerte que una más pequeña.

- ¡Cuando meticones como tú me preguntan por el problema catalán! ¿Sabes que les digo? –Le decía la voz a Mateu-

- ¿No? –Le contestó–

- ¡Que recuerden el cuento de antes!

- ¡Nunca se han ido y nunca se irán, y si lo hacen...! ¡Ya volverán! –Terminó diciéndole–

Capítulo 32

Ser Quijote como personaje de la propia historia de vida de uno mismo llevaba a confundir la cordura y la locura del yo interior de Mateu. Todo el conocimiento e incluso la propia realidad que lo rodeaba, hacían que él la transformara en otra visión distinta a la que se le aparecía delante de sus ojos. Ese contexto que vislumbraba no era más que muchas y diferentes situaciones a la vez. Pero ninguna de ellas era falsa, todas se daban al unísono como en una gran orquesta, que conjuntamente con distintos instrumentos, el director hacía sonar una única melodía. Esos actos y circunstancias conllevarán a los mortales a experimentar sentimientos y emociones que los harán evocar estados de ánimo con los que actuar.

La percepción e idea de las cosas que van sucediendo a lo largo de un tiempo tienen lugar desde un prisma único. En él, se colocan el manifiesto de la cantidad de esquemas conceptuales que vienen a determinar cualquier juicio de verdad posible. El mundo y sus realidades pueden ser vistos de mil formas distintas sin que por ello todas esas perspectivas tengan que ser iguales de válidas para unos y otros. La razón vital de querer entender que realmente estan vivos es el motivo por el que conciben la realidad y las sucesos que acaecen a lo largo de ese espacio de tiempo que se les permite estar en un período y en un espacio determinado. Es el símil filosófico del volcán en erupción que estalla para describir el sentido y razón flexible de las cosas que van sucediendo. La adaptación al propio discurrir de la vida y de los momentos para buscar en ellos el sentido mismo de la propia existencia. Son simplemente masas, "rebaños" y "muchedumbres" que van siendo empujadas por la historia y la tradición cultural del grupo o tribu a las que pertenecen. Dentro de esas multitudes aparecen raramente superhombres que consiguen auto eliminarse y excluirse de la multitud. Se convierten en leones que levantan revoluciones y transforman los grandes esquemas mentales de las personas, para terminar siendo símbolos de pureza e inocencia desde la que levantan nuevos paradigmas.

El superhombre representa, pues, esa nueva tabla de valores: el amor a la vida, el sentido de la Tierra y la exaltación de los instintos ascendentes. El hombre para convertirse en esa figura expulsa de su interior a los dioses o al Dios supremo. No se trata de una divinización del propio mortal, sino todo lo contrario, una sustitución del Creador por el nuevo ser que surge, de tal forma que éste se convierte en una persona con plenitud de poder y de dominio sobre sí y sobre los demás. Pero esa transformación requiere de una voluntad de dominio, de agresión y de sentimientos hacia lo ajeno, la –voluntad de poder- De esta manera surge el mito de Mateu. Todos lo daban por acabado, por muerto. El gran periodista de los refinados artículos mantenía un pulso con la vida y la muerte en la unidad de cuidados intensivos del hospital "Reina Sofía" de Córdoba. Inducido al coma por las diversas lesiones ocasionadas de vuelta al periódico tras cubrir una gran entrevista con la única mujer y artista Malinense que tocaba el Kora.

El tráfico estaba insoportable ese día. La gente parecía ir disfrutando del entorno, a una velocidad que hasta una tortuga los igualaría. Nada fluía, todo se estancaba y el tiempo apremiaba. Había que llegar a la oficina y maquetar la noticia para que estuviera lista por la noche. Aceleró y en su intento de ir más rápido, por la avenida del Vial, casi impacta con otro coche que venía por el carril de su derecha.

- ¡Imbécil! –Dijo-

- ¿No ves que estoy indicando el cambio de carril? -Decía en voz alta en el interior de su coche mientras fruncía el ceño y miraba fijamente a la conductora del vehículo contrario-

Un gesto obsceno con el dedo índice de la mano izquierda le recordaba, a Mateu, que ella también sabía insultar. O por lo menos responder ante aquella cara encolerizada que no dejaba de abrir y cerrar la boca mirándola fijamente.

- ¡Será bastarda la tía! -Soltó por su boca, mientras respiraba e intentaba calmarse.-

En el momento en el que giraba su cabeza para ver quien era el ocupante del vehículo no se dio cuenta que el que iba delante de él había frenado ante la puesta en ámbar del semáforo. El impacto fue grande y aunque el airbag funcionó a la perfección la laxitud de su cuerpo en ese momento y los impactos que sufrió fueron de tal gravedad que tuvo que ser ingresado en urgencias directamente en la UCI del hospital. Tras más de un año, ingresado y convaleciente aún de las lesiones, el equipo médico se disponía a revertir su situación de coma inducido y despertarlo. Todo eran nervios. Compañeros y directivos se habían turnado para estar en algunos momentos cerca de aquel hombre que significaba tanto para la empresa y sus compañeros. Para Emma la situación tampoco era nada agradable, pero permanecía con él todo el tiempo que podía. Había llegado el momento. Esa mañana del veinte de diciembre lo despertarían. Y allí junto a él se encontraba Emma.

Unos pasos, al fondo, se hacían notar en el silencio de la noche dentro de una casa a oscuras. Al mismo instante la luz de una débil vela dejaba ver la silueta de una persona moviéndose de manera sigilosa dentro de ella. Asomada a la ventana, quieta e inmóvil. De pronto la luz dejó de alumbrar y la silueta desapareció misteriosamente.

- ¿No consigo recordar, como llegué, desde la orilla? -Se veía Mateu, hablando y escuchándose a sí mismo-

Una sombra se acercaba cada vez más hacia el desquiciado Mateu que tumbado en la cama comenzaba a sentir como la emoción del miedo se le extendía por todo el cuerpo.

- ¿Quién eres? -Le repetía sin encontrar respuesta-

Mientras tanto, la oscuridad lo envolvía todo en su cuarto. Los pasos seguían acercándose de manera constante y la silueta no terminaba de dar un claro matiz de la fisionomía de la persona que se aproximaba. La turbación dejaba paso al pánico y a una rítmica y acelerada respiración que podía provocar una situación insospechada en cualquier momento. El miedo es bueno, pero controlado. Ahora bien, el pánico es un escenario que nadie puede prever y resulta dramático para la persona que lo sufre y las que se encuentran a su alrededor.

- ¡No veo nada! ¡Tan solo a una joven sentada en una silla con una persona a la que no conozco de nada!

- ¡Me quieren enseñar como deshacer el nudo de una cuerda! –Soñaba-

Una profunda inspiración, con un sobresalto, le hizo cambiar de lugar en la cama, mientras la idea principal de su ensoñación se repetía.

- ¡No consigo recordar, como llegué, desde la orilla!

- ¡Me ahogo! ¡Me ahogo! -Gritaba con angustia-

- ¡Hay una persona que se me acerca y me abraza!

- ¡Se quiere consolar con todo el mundo que pasa a su lado!

- ¡Está pasando por un mal momento!

- ¡Se acerca a cualquiera!

- ¡Quiere que la protejan!

La incertidumbre creaba un velo que envolvía todo como una tenue neblina. La inseguridad lo hacía reaccionar de manera primitiva. Daba golpes a un lado y a otro. Desencajado por la angustia observaba como de repente unos ojos blancos se le aparecían entre la oscuridad y lo miraban fijamente. Parecían serenos cuando de repente se tornaron rabiosos y una boca dentada lo intentaba morder. En ese momento abrió los ojos, respiró profundamente y aturdido vislumbró el rostro de Emma que con ojos vidriosos lo abrazaba tiernamente.

- ¡Gracias por regresar! -Le susurró-

- ¡Gracias a ti por esperarme!

- ¡Te quiero! -Dijo Emma-

- ¡Yo a ti también cielo!

Había vuelto del coma inducido al que le sometieron los médicos después del fatal accidente que sufrió devuelta al periódico en el pasado año. Tras todos estos meses de ir y venir a ninguna parte había estado acompañado por Emma que a su lado le había estado contando historias de los acontecimientos que habían ido sucediendo en el país y en el mundo. Como si estuvieran en la redacción. Los médicos le comentaron que actuara, tocara y le hablara de cuantas más cosas mejor para hacerle llegar todas las mayores sensaciones posibles y así intentar que se mantuvieran activos sus canales sensoriales. Un largo período de periodismo hablado, en monólogo, era lo que sostuvo la becaria con su amigo, amante y redactor jefe. Se convirtió en la contadora de historias. Un veinte de diciembre distinto a todos los demás iniciaba su andadura con miles de personas convocadas a las urnas en multitud de centros electorales repartidos por todo el territorio nacional. Un domingo clave en el despertar de una sociedad y en el de un periodista que era consciente de la transcendencia de lo que le había ocurrido y de lo que estaba a punto de suceder en su país. En estos momentos el propósito de Mateu se llamaba periodismo de investigación. Era el momento de ser el antagonista a lo que Emma se convirtió durante su clausura en la inopia del coma. Ser el buscador de historias de la nueva transición política y social de su estado.

Pasados unos meses, dado de alta y ya recuperado del gran letargo al que había estado sometido, Emma y Mateu, paseaban por la avenida principal de los campos elíseos en pleno invierno. Las luces iluminaban un precioso y adornado París que se engalanaba como siempre para dar a los visitantes ese glamur de ciudad cosmopolita y maravillosa. Al fondo el arco del triunfo y más a lo lejos el Grand Arche.

- ¿Entonces, estuviste conmigo todos estos meses? –Le comentaba Mateu a Emma-

- ¡Sí! ¡Al lado tuyo!

- ¿Y todas esas historias que han ido sucediendo en mi mente eran producto de las que tú me contabas?

- ¡Supongo! –Le contestaba con una cierta sonrisa socarrona-

- ¡Me comentaron los médicos que te fuera comentando todo lo más importante que iba sucediendo como terapia! ¡Tuviste el accidente, los rumores de crisis y despidos estaban a la orden del día! ¡Muchos pidieron por ti e incluso se celebró una misa! ¡El fin de año fue movido! –Relataba Emma-

- ¡Vaya! –Dijo asombrado Mateu-

- ¡Te acariciaba, ayudaba a moverte, abría las ventanas! ¡Ayudaba en todo lo que podía!

- ¡Hubo un día agónico para mí cuando sucedió el accidente aéreo en Francia! ¡Esa noche incluso puse una vela en la ventana en señal de duelo y un fondo musical para estar en paz!

- ¡Tuviste varias crisis con espasmos en las que te tuvieron que poner calmantes! ¡Todo lo que estaba pasando parecía un sueño! ¡Mil historias sucedían, las fiestas de córdoba en el mes de mayo en las que muchos preguntaban por ti!

- ¿Y tú que les decías? –Preguntó Mateu intrigado-

- ¡Que evolucionabas bien! ¿Qué les iba a decir?

- ¡Pero los momentos peores fueron cuando tuviste una parada cardíaca! ¡Vino hasta el cura del hospital a darte la extremaunción! ¡Lo pasé fatal!

- ¡Y bueno un sinfín de días y noches hablándote de todo y de nada! ¡Observándote, mimándote! –Terminó diciéndole Emma-

- ¿Pero hay algo que no me cuadra? –Le pregunto Mateu-

- ¿El qué? –Respondió ella-

- ¿Cómo me imagine esas relaciones morbosas de sexo?

- ¡Imagínatela! –Le contestó la becaria-

- ¿Cómo? ¿No me digas que estando inconsciente fuiste capaz de...?

- ¡Fui capaz! –Le dijo con una sonrisa socarrona-

- ¡Por Dios! ¡Y yo sin ser consciente!

- ¡Bueno... esta noche tendrás tiempo de resarcirte! ¿No crees? –Volvió a decirle Emma-

- ¡Sí, creo que sí!

Y tras darle un beso en su mejilla, le puso su brazo por lo alto y los dos siguieron andando y mezclándose con los transeúntes, camino al hotel donde pasarían unas merecidas vacaciones.

- ¡Lo que no me queda claro, -Le dijo Emma-, es esa historia que me contaste sobre el encuentro con el anciano en el puente!

- ¿Esa no me la contaste tú? –Contestó Mateu intrigado-

- ¡No!

- ¡Pues entonces queda por aclarar ese secreto que me susurró al oído! -Dijo él-

- ¡Sí! ¡Me lo tienes que aclarar!

- ¡A su momento Emma! ¡A su momento! ¡Todo a su momento! -Le respondió mientras sonreía-

Esa misma noche disfrutarían de unos momentos de relax, en la ciudad parisina, sentados en el Café Bonne Biere de Paris, antes de acudir a una sala de fiestas muy popular y conocida como Bataclaan en el Boulevard Voltaire.

- ¡Bonjour Madamme et Monsieur! ¿qui est ce qu´ils vont boire?

- ¡Deux cafés au lait s´il vous plaît!

- ¡D´accord Monsieur!

En esos momentos varias explosiones, al unísono, se producían por toda la capital Francesa. El amanecer en París provocaba incertidumbre y silencio ante el gran despliegue militar y policial impuesto por las autoridades. Al menos ciento veinte personas habían fallecido en un ataque terrorista. Una bandera, la de la humanidad y la libertad, se mantenía a media acta, en mitad del mundo, en repulsa hacia lo que era capaz de llegar a realizar ese *"animal"*, llamado ser humano. Aquel que se creyó haber tenido la intervención de un Dios para ser el dominador absoluto en la tierra, aunque lo más cierto y más razonable fue comprobar, mediante la ciencia, que evolucionó a partir de ser un simple gusano. Por otro lado, las elecciones generales en España daban un panorama demoledor para el bipartidismo, ofreciendo un nuevo mapa multicolor con la irrupción de nuevos partidos políticos y sin mayoría absoluta para ninguno. Un nuevo futuro incierto se abría paso ante el reto que ofrecía el destino a miles de ciudadanos, que tenían más miedo al futuro que al presente. La suerte estaba echada.

El secreto de la libertad radica en educar a las personas, mientras que el secreto de la tiranía está en mantenerlos ignorantes.

-Robespierre

Título: AL OTRO LADO DE LA REALIDAD

Autor: PEDRO ROJAS PEDREGOSA

Editorial: EDICIONES MORENO MEJÍAS. EDITORIAL WANCEULEN.

ISBN: 978-84-9993-430-3

© Copyright: EDICIONES MORENO MEJÍAS. EDITORIAL WANCEULEN.

Primera edición: Verano de 2016

www.ingramcontent.com/pod-product-compliance
Lightning Source LLC
Chambersburg PA
CBHW051524260626
47170CB00003B/777